Schwäbische Sketch-Parade

Schwäbische Sketche und Szenen
von
Sonja & Wilfried Albeck

Imbressum - oder was mr wissa sott...

Texte: Sonja und Wilfried Albeck

Illustration: Michael Gref

Bearbeitung und Gestaltung: Sonja und Wilfried Albeck

Druck: Druckerei Scholz, Flein

Erschienen im: Verlag Albeck, Flein

Beim Bild auf der Buchrückseite handelt es sich um eine Originalaufnahme mit Sonja und Wilfried Albeck sowie Edgar Kolmar bei einer Aufführung ihres Mundart-Kabaretts im Fleiner Rathaus.

Kirchgasse 14, 74223 Flein
Fax 07131-572661
www.saitenwurscht.de

Inhalt Seite

Der Wunsch	7
Kloine Aufmerksamkeit	12
S'dritte Weckle	15
Der Tubbermann	25
Vorschriftsmäßig	30
Das Fundbüro	33
Das Weinpräsent	36
Brutale Methoda	40
Wasser marsch!	41
Tierliebe	47
SMS	49
Irrahaus	54
Zwangslage	57
Mensch-ärgere-dich-nicht	60
Vollmond	65
Wahltaktik	68
Schöne Aussichten	71
...koi Linker?	74
Liebesdienst	80
Heimwerkerelend	81
Schönheit braucht Zeit	83
Wertewandel	86
Der Simulant	88
Im Tschädd	92
s'Bügelgenie	96
dr Kreiseltescht	100
Dicke Freunde	104
Die neue Hos	108

Inhalt Seite

...koine Hemmunga 116
Kultur isch teuer 120
Variationa der Ehe 123
Falschgeld? 125
Naturbegabung 127
Die Käferplage 130
Falsch berechnet 135
Alleskönner 138
Vorsicht Kamera 141
Die Grabesrede 145
Der Notfall 148
Gleichgewicht der Kräfte 153
Abendliche Unterhaltung 156
Wo kommet bloß die Schtrohschternla her? 159

Vorhang auf...

Wie oft sind wir schon gefragt worden, ob wir nicht passende Sketche oder Stücke zu einer Geburtstagsfeier, zu einer Hochzeit oder zu vielen weiteren Anlässen hätten. Meist haben wir auf unsere bisher erschienenen Mundartbücher verwiesen, in denen solche kleinen „Bühnenstücke“ eingestreut sind.

Doch nun haben wir uns entschlossen, die besten Sketche und Szenen, ergänzt um viele weitere bisher noch nicht in Buchform veröffentlichte Stücke, in einem eigenen Buch zusammen zu fassen.

„Schwäbische Sketch-Parade“ enthält die erfolgreichsten Sketche unseres eigenen Mundartkabaretts, welches über viele Jahre in Rathäusern, alten Keltern und Kellern sowie weiteren Kleinkunstbühnen zu sehen war. Aus diesen über 40 Sketchen und Szenen lassen sich ohne weiteres auch kleine und größere Programme, auch für Amateurbühnen, zusammenstellen (zur kommerziellen Nutzung nehmen Sie bitte wegen der Übertragung der Aufführungsrechte Kontakt mit uns auf).

Quer durch alle Lebenslagen zieht sich ein knitzer, hintergründiger Faden kräftig pointierten Humors. Die Stücke spielen mal frech, mal ironisch, mal kräftig und mal feinsinnig, aber immer auf der Höhe der Zeit. Bestimmt finden auch Sie das Richtige!

Natürlich lassen sich die Sketche und Szenen nach Bedarf und Geschmack abändern und ausbauen, wie auch auf die Ihnen bekannten Personen zuordnen und gezielt zuspitzen. Wir sind uns sicher: Auch bei Ihrem Fest treffen Sie mit diesen humorvollen Stücken den Nagel auf den Kopf!

Trauen Sie sich einfach!!

Wir wünschen heute schon viel Spaß beim Einstudieren und viel Erfolg bei der Aufführung!

Sonja und Wilfried Albeck

Der Wunsch

<u>2 Personen:</u> „Karle“, „Lina“

Tisch, 2 Stühle, 2 Teller, 2 Löffel, Schüssel, Schöpflöffel, Salz und Pfeffer

***

(Karle und Lina sitzen am Tisch, schöpfen sich und fangen an zu essen. Karle beißt hoch, rührt im Teller herum, würzt nach)

Lina: Was isch'n los, schmeckt dr's net?

Karle: Ha jo, mr kann's essa!

(rührt herum)

Lina: Dir schmeckt's doch net! Bisch heit schleckich?

Karle: I bin net schleckich, i hab koin Appetit.

Lina: Jetz weiß i au net, du magsch doch Kartoffelschnitz und Schpätzla sonscht au.

Karle: Ja scho.

(rührt herum)

Lina: Was heißt do, ja scho? Schmeckt's heit anderscht wie sonscht?

Karle: Noi, s'schmeckt wie immer!

Lina: Warum ißsch dann heit nix?

Karle: Weil i's heit eba net mag. Jede Woch machsch du Kartoffelschnitz und Schpätzla, jeden Freidag - egal was los isch!

Lina: Des mach i doch scho 30 Johr so und heit magsch's net?

Karle: Genau, du kochsch scho seit 30 Johr immer s'Gleiche! Samschdags machsch Pfannakuacha, sonndags Schweinebrota, mondags Kässchpätzla, dienschdags Sauerkraut, mittwochs Linsa, donnerschdags backener Fleischkäs und freidags Kartoffelschnitz und Schpätzla.

Lina: Ja und? S'hat dr doch sonscht immer gschmeckt!

Karle: I moin halt bloß, du könnscht au mol was anders macha, oifach oimol was anders!

Lina: Do isst mr jeden Dag mitanonder, johrei, johraus und dann schtellt sich raus, dass dr Mo uzfrieda isch!

Karle: I bin net uzfrieda, i moin halt bloß.

Lina: So, du moinsch halt bloß, dass dir's bei mir nimme schmeckt!

Karle: Noi, des hab i domit net saga wella.

Lina: Was hasch denn dann saga wella?

Karle: Weisch Lina, s'gibt doch so viele andere Sacha zum Essa, do könnt mr doch oimol was anders - vielleicht an Roschtbrota oder Kartoffelsalat oder...

Lina: So weit sind mir jetz, dass i mir vorschreiba lassa soll, was i zu kocha hab. Schteh i in dr Küch oder du?

Karle: Um des geht's doch gar net.

Lina: Doch, genau um des geht's. I schteh mir jeden Dag d'Fiaß in Bauch und der Herr Gemahl isch nimme zfrieda.

Karle: Mensch Lina, i däd halt gern - vielleicht amol a Flädlessupp...

Lina: Freile, der Herr däd halt gern - am liabschta wie im Lokal, nohocka und sich aus dr Schpeiskart ebbes aussuacha.

Karle: Noi, so hab i's doch net gmoint.

Lina: Seit 30 Johr hasch du noch nia ebbes gsa. Seit mir voheiert sind, hasch dich no net oimol beschwert.

(schluchzt)

Immer isch's recht gwä!

Karle: Lina, jetz hör doch auf mit Blärra, mr wird doch oimol ebbes saga dürfa.

Lina: Nach 30 Johr mit so ebbes komma.

(schluchzt)

So weit isch's jetzat. Oh...

(blärrt)

Karle: Oh Lina, was soll i bloß mit dir macha? Noi, noi, noi.

(Lina schluchzt vor sich hin. Karle fängt an zu essen, schöpft sich nach)

Lina: (zögernd)

Magsch's jetz doch?

Karle: Ja, s'isch guat.

Lina: Also schmeckt dir's jetz doch?

Karle: Ja!

Lina: Siehsch Karle, hättsch gar nix saga braucha, I weiß doch, was du magsch!

Kloine Aufmerksamkeit

<u>2 Personen:</u> „Karle“, „Lina“

Tisch, 2 Stühle, Zeitung, blühende Topfpflanze

***

(Lina sitzt am Tisch und liest, Karle kommt und setzt sich dazu)

Karle: Lina gugg amol, was i dir heit mitbracht hab!

Lina: (überrascht)

Was, du bringsch mir ebbes mit?

Karle: (ganz stolz)

Ja, für di, jetz wickel's halt aus!

Lina: (wickelt aus)

Ha jetz kann i gar nimme. A Bluamaschtöckle - und was für a schös - für mi? Wie kommsch denn do drauf?

Karle: Oifach so Lina, oifach so. I hab dir halt a Freid macha wella!

Lina: ***A Freid macha, mitta in dr Woch? Oifach so, ohne Grund?***

Karle: Do isch doch nix drbei!

Lina: ***Nix drbei? Von wega nix drbei! Do schteckt doch ebbes dohinter!***

Karle: Was soll denn do dohinter schtecka, hinter so ma kloina Blüamle?

Lina: ***Nachtigall ich hör dir tapsen. I kenn mei Vögel an de Federn. Was hasch'n wieder ogschtellt?***

Karle: Gar nix hab i ogschtellt. I hab dr bloß a Freid macha wella. I hab halt denkt, du dädsch di über a Blüamle...

Lina: ***Wenn du scho mol denksch. I weiß genau, was in deim Hirn vorgeht. Mit ma billicha Bluamaschtöckle d'Frau ruhich schtella. Du kommsch mr grad gschliffa. Des merkt jo an Blinder mit am Krückschtock, dass do ebbes faul isch!***

Karle: Lina, jetz beruhig di doch wieder, s'isch doch nix passiert.

Lina: ***I beruhig mi, wenn i will und ob ebbes passiert isch, des beschtimm i!!!***

Karle: S'isch doch bloß a Bluamaschtöckle.

Lina: ***Von wega bloß a Bluamaschtöckle, du Scheraschleifer. I weiß genau, woher dr Wind weht, du Saukerle.***

Karle: I hab's doch bloß guat gmoint und deshalb machsch du so a Gschrei!

Lina: ***I mach überhaupt koi Gschrei, aber du - du machsch oim doch dr gröschte Krach, du wüaschter Dinger, du. Du kannsch dei Bluamaschtöckle bhalta! Do hasch dei Glump!***

(Lina geht hinter Vorhang)

Karle: (steht kurz ganz betroffen da und schaut auf die Pflanze)

Aus de Fraua kann mr doch net schlau werda. Jetz hab i s'erschte Mol in 25 Johr dr Hochzeitsdag net vogessa - und dann so ebbes!

S'dritte Weckle

2 Personen: Ehepaar

- Hausfrau mit Kochschürze und Einkaufstasche mit drei Brötchen

- Ehemann mit Hut und Aktentasche

Kochschürze, Einkaufstasche mit 3 Brötchen, Hut, Aktentasche, 50 Cent

Eine typische „Ehe-Szene". Diese kann von zwei Personen, aber auch von einer Person gespielt werden. In diesem Falle ist die Kochschürze seitlich umzubinden und der Hut muss im Wechsel zwischen männlicher und weiblicher Person auf- oder abgesetzt werden.

***

Mann: (Kommt von der Arbeit nach Hause)

Frau: (Ein wenig spitz)

Hasch du des Weckle gessa?

Mann: Was isch los? Was für a Weckle?

Frau: **Ha des dritte Weckle!**

Mann: Sag amol, was hasch du dr denn heit eifalla lassa? I weiß nix von ma Weckle. Net von ma Erschta, net von ma Zweita und scho gar nix von ma Dritta.

Frau: Jetz schtellsch de wieder amol bleder o wia'd bisch! Du muasch doch no wissa, dass du des dritte Weckle klaut hasch.

Mann: Also erschtens, dr absolute Nullpunkt meiner Bledheit hab i bereits am Hochzeitsdag erreicht und zweitens isch mir dei doofs Weckle scheißegal.

Frau: So, dir isch des egal. Also hasch's gfressa!

Mann: Was soll i haba? I hab nix gfressa und scho gar koi Weckle!

Frau: Ha freile, des Dritte! I hab drei Weckla in meinera Eikaufstascha ghett und jetz sind bloß no zwei drin.

Mann: In dei Eikaufstascha hab i net amol neiguggt und erscht recht net neiglangt.

Frau: Du schtreitsch also ab, dass du des dritte Weckle gschtohla hasch?

Mann: I schtreit's net ab. I hab's net oguggt, net oglangt, net gschtohla und net gfressa. Und überhaupt, do kommt mr obends beschtens glaunt hoim und no überfällsch oin du mit so ma Scheiß.

Frau: Und überhaupt. I find's a granadamäßiche Sauerei, dass du mir a Weckle klausch und no au no z'feig bisch, des zuazugeba!

Mann: I weiß gar net, wia du draufkommsch, dass i dir was klaua däd.

Frau: I schtell bloß Tatsacha fescht. Mit dene drei Weckla hab i Fleischküachla macha wella, aber mit zwei Weckla kann mr koine macha. Schuld dro bisch bloß du, weil du mei Tascha durchwühlsch.

Mann: I hab nix durchwühlt! Aber selbscht wenn i hätt, i werd doch in meim eigena Haus des Recht haba, a Weckle zu essa wenn mir's gfällt.

Frau: Aber du hasch koi Recht, dass du des hinterher abschtreitsch.

Mann: I schtreit jo gar nix ab!

Frau: **Des isch jo s'Letschte. Grad eba hasch noch gsa, du dädsch nix von ma Weckle wissa.**

Mann: I weiß au nix von ma Weckle.

Frau: **Willsch du mi jetz voäppla? Grad hasch no zuageba, dass du des Weckle gfressa hasch.**

Mann: I hab überhaupt nix zuageba. I hab bloß gsa, wenn i gwöllt hätt, hätt i's essa könna.

Frau: **Ha, wo soll's denn sonscht sei, wenn du's net hasch?**

Mann: Was weiß denn i. Du kannsch mi doch net für jedes wildfremde Weckle voantwortlich macha, des sich aus dein'ra Tascha schleicht.

Frau: **Außer dir war doch sonscht koiner in dr Küche. Also hasch's!**

Mann: Des isch also für di Grund gnuag, so an Vodacht auszuschprecha. Dr oigene Mo an Dieb. Glaubsch du, dass i wega so ma Weckle dein Zirkus no länger mitmach?

Frau: **Wer macht denn do den Zirkus?**

Mann:: Mir langt's jetz. Du kannsch mi fünfern!

Frau: Mir geht's überhaupt net um des Weckle. Mir geht's ums Prinzip!

Mann: Do hasch fuffzich Cent. No kannsch dr a Portio Prinzip kaufa, no isch dia Sach erledigt.

Frau: Für di vielleicht, aber net für mi. Was liegt mir scho an ma Weckle, wo i jetz seh, was du für oiner bisch.

Mann: Mir liegt überhaupt nix an deim Weckle, aber dass du deshalb koi Obendessa fertich bringsch, kann i net voschteha.

Frau: Weil, weil erscht sagsch, du hättsch's gessa und no schtreitsch's wieder ab. I voschteh's oifach net, des isch so ulogisch.

Mann: Ulogisch?

Frau: Kannsch du vielleicht abschtreita, dass du abschtreitsch, dass du abgschtritta hasch...?

Mann: (brüllt)

Ja, i schtreit's ab. I schtreit alles ab.

I schtreit mei Exischtenz ab. I schtreit die Exischtenz jeglicher Weckla ab. Aber i schtreit net ab, dass i mi vogessa könnt, wenn du no oimol des Wort ‘Weckle’ in d’Gosch nimmsch.

Frau: (heult)

Ja, ja, vogess de no. Mi hasch du ja scho lang vogessa, so wia du mit mir umschpringsch und mi schikaniersch.

Mann: I schikanier di? I? Di? Bisch du ganz sicher, dass du gmoint hasch, i schikanier di? Typische Weiberlogik! Typisch!

Frau: **Und du mit deiner Männerlogik! Du widerschprichsch dr doch selber viermol in oim Atemzug. Z’erscht hasch gsa, du dädsch nix von ma Weckle wissa, no hasch gsa, es sei dei guat’s Recht, a Weckle z’essa, dann hasch gsa, du dädsch’s abschtreita, dass du’s gessa hasch und dann...**

Mann: (brüllt noch lauter)

Ja, i hab dei Weckle gfressa. I hab überhaupt alle Weckla gfressa mitsamt de Eikaufstascha. I fress sowieso bloß no Weckla. I hab no nia was onders als wia Weckla gfressa. I bin dr Wecklesfresser!!! I geb alles zua, aber jetz gibsch a Ruah, mei Nerva sind am End. I kann koi Weckle mehr seh. I kann des Wort Weckle nimme höra, mir isch kotzschlecht vor lauter Wecklesfressa.

Frau: (blärrt, schluchzt, blärrt weiter)

Mann: Komm, jetz blärr doch net. Bitte, alles bloß net Blärra. Schätzle, solla mr vielleicht a bissle von dem Weckle schwätza?

Frau: (unter Schluchzen)

Warum hasch denn du des gmacht...

Mann: Goldhäsle, dua doch dei Träna abtrockna. Komm, heul doch nimme.

Frau: (schluchzt noch mehr)

Mann: Mei Engele, mei Zuckerhäsle. Jetz heul doch bitte nimme, wo mir uns heit Obend doch so guat unterhalta hent. Mäusle, was hasch zum Schluss noch saga wella?

Frau: **Warum - hasch'n - des - gmacht?**

Mann: Was??

Frau: (schluchzt aufs Neue)

Mann: Du hasch recht. I hab's gmacht, weil i ein egoistischer, bösarticher, hinterhälticher und vofressener Wüaschtling bin.

Frau: **Ach du, du voschpottesch mi ja bloß. Du hasch des gmacht, weil du mi nimme magsch.**

Mann: Also guat. I geb alles zua. I mag di nimme, i hab di no nia gmegt. I bin wüascht, gefühlskalt und brutal. I glotz andere Weiber nooch, i schlag junge Katza dod und i fress Weckla. I geb zua, was du willsch. Mir isch jetz alles egal. Hauptsach, du hörsch mit deiner Blärrerei auf.

Frau: **I hab's gwisst.**

Mann: Sag i doch.

Frau: **Ich hasse dich. I kennt di grad dodschlaga, auf dr Schtell. Du Saukerle, du Ehebrecher, du, du... Oh, was hab i do bloß gheiert.**

Mann:	Als drauf, no weiter. Isch doch ganz klar, dass so a voschlampert's Weckle an Mord rechtfertícht.
Frau:	**Sei bloß ruhich. I kann dei gemeines Gschwätz nimme höra. Du hasch koi Gfühl, du weisch überhaupt net, wie eine weibliche Seele empfindet. Du Grobian, hau doch ab. Deine zwei ondere Weckla kannsch au glei mitnehma!**
	(Sie leert ihm die Tasche vor den Füßen aus. Es fallen drei Brötchen auf den Boden)
	Oh, des - des sind ja drei Weckla?!
Mann:	(genießend)
	Wieso, i seh bloß zwei. Des dritte muass an Sehfehler sei.
Frau:	(total verblüfft)
	Des dritte Weckle muass sich ins Futter vowickelt ghett haba.
Mann:	Des dritte Weckle isch überhaupt koi Weckle. Des isch dr Geischt von dem Weckle, wo i gfressa hab.

Frau: **Schätzle, Liebling, i hab dir so arg Urecht do, i schäm mi so.**

Mann: Hoffentlich siehsch's ei und lernsch was draus.

Frau: **Ja, aber weisch, wenn du net gsa hättsch, dass du des Weckle gessa hättsch...**

Mann: Lass guat sei mei Honichbärle. I hab dr scho vozieha.

Frau: **I voschprech dir, dass mir uns nie wieder wega so oiner Lappalie schtreita.**

Mann: Nie wieder!

(Kleinere Pause - sie denkt nach)

Frau: **Wenn i jetz recht drüber nachdenk, no kommt mir grad eba an ganz schlimma Vodacht. War'n denn eigentlich net überhaupt vier Weckla in der Eikaufstascha?**

Mann: (brüllt) **Aaahhhh...!!!**

Der Tubbermann

<u>3 Personen:</u> „Lina“, „Erna“, Tubberberater

Tisch mit verschiedenen Plastikschüsseln, Besen, 2 Stühle

***

Berater: *So meine Damen, ich wäre dann soweit.*

(Lina und Erna kommen auf Bühne und setzen sich)

Lina: No glotza mr uns eba des Blaschtich-glumb o!

Erna: **Lina, jetz bleib halt höflich.**

Lina: Erna, wenn du mi net überrumpelt hättsch, wär i nia zu deim Tubberobend komma!

Erna: **Lina, du weisch doch, wenn koiner kommt, no kriag i mei Gascht-gschenkle net. So a schene Rühr-schüssel. Jetz bisch halt zfrieda, wenichschtens mir z'liab!**

Berater: *Also dann meine Damen. Ich darf Sie heute im Namen der Firma Tubber ganz herzlich begrüßen und Ihnen die neuesten Kreationen für die moderne Küche präsentieren.*

Lina: Der schwätzt vielleicht gschwolla raus. Moderne Küche secht der zu deim alta Glump.

Erna: **Lina, halt de zrück!**

Berater: *Mit Tubberprodukten eröffnen sich vollkommen neue Möglichkeiten. Zum Beischpiel hier, unsere" Rondo-Star" in türkis-metallic Optik mit auslaufsicherer Doppelklicklamelle! Das Frischhaltewunder mit eingebauter Vakuum-Technik.*

Lina: Du Erna, sind mr jetz do im Raumschiff oder in deinra Küch?

Erna: **Jetz lass doch den guata Mo sei Sach vozähla!**

Berater: *Sehen Sie meine Damen, kein Problem mehr mit dem Aufbewahren von Essensresten. Serie „Ronda" erhält Vitamine und Aromastoffe über viele Tage. Spülmaschinenfest, tiefkühlgeeignet, schlag- und bruchsicher, formschön und vollendet.*

Lina: Essensreschte kriagat meine Hühner, die kommet bei mir net in'd Schpüalmaschina!

Berater: Mit unseren transparenten „Variosafe"-Vorratsdosen können Sie bei Angeboten zugreifen und werterhaltend und platzsparend lagern. Bringen Sie Ordnung in Ihren Haushalt mit Variosafe!!

Lina: Du Erna, der hat grad gsa, dass du an Sauschtall hättsch!

Erna: Was hat der?

Berater: Aber meine Damen, ich meine doch damit: Mit den wohldurchdachten High-Tech-Produkten aus dem Hause Tubber ließen sich ungeahnte Möglichkeiten erschließen!

Lina: I hab's aber genau ghört - er hat Sauschtall gsa!

Berater: Oh meine Damen, das haben Sie völlig missverstanden. Ich meinte doch nur, mit Variosafe ließe sich Ordnung schaffen!

Lina: Jetz hörsch's selber - Sauschtall!!

Erna: (baut sich drohend auf)

Ha du kommsch mir grad recht, du Blaschtichdackel, du!

Berater: *Aber ich bitte Sie...*

Lina: A bodalose Uvoschämtheit isch des. Do lässt mr sich so an Fritze ins Haus komma...

Erna: **...und dann wird der ausfällich!**

Lina: Erna, wo hasch du dei Wergelholz? Dem ziag i an Scheitel, der hat do hinna nix volora!

Erna: (schnappt den Besen)

Bürschle, jetz isch's aus mit dir!

(Erna und Lina jagen den Berater um den Tisch, durchs Publikum und hinter den Vorhang)

Berater: (flüchtet und schreit)

Um Himmelwillen, meine Damen...

(Erna und Lina schauen sich zufrieden an, setzen sich an den Tisch und sortieren die Tubberschüsseln, welche der arme Vertreter in seiner Not zurückgelassen hat, auf zwei Häufchen.)

Erna: **Du Lina, könntscht du mir die Vesch-perbox geba, du kriagsch drfür dr Salatseier.**

Lina: Koi Problem. Veschperboxa hab i scho 5 Schtück.

Erna: **Was i no saga will, Lina. S'isch au wieder a neue Avon-Beraterin in dr Schtadt. Solla mr dr Termin bei dir oder bei mir macha?**

Lina: Des könna mir bei dir do und an Termin mit ma Weivotreter sott mr au wieder voeibara, i hab bloß no drei Fläschla...

Vorschriftsmäßig

5 Personen: „Karle“, „Lina“, 2 Kinder, Polizist

Polizeijacke oder Hut, Trillerpfeife, Polizeikelle o.ä., 4 Stühle

***

(Lina, Karle und zwei Kinder setzen sich auf die Stühle, die als Quadrat aufgestellt wurden und fahren pantomimisch Auto)

Polizist: I glaub, heit hat jeder sein Babbadeckel im Lotto gwonna. Alle fahret se viel zu schnell. Sogar bei „Rot“ über'd Ampel, jeder nimmt sich heit d'Vorfahrt grad wie er's braucht. Do kommsch du mit Schtrofzettelschreiba nimme nooch! Scho 15 Knöllchen hab i voteilt und des in 2 ½ Schtund. Oh, mir duan scho meine Griffel weh vom viela Schreiba! Den Erschta, den i heit vowisch, der vorschriftsmäßich fährt, dem schprech i ein persönliches Lob aus!

(nähert sich dem „Auto“)

Endlich oiner, an dem i nix auszusetza hab! Der kriagt an Händedruck von mir!

(hebt die Kelle und pfeift)

Kinder: Oh je, oh je, d'Polizei. Baba, d'Polizei!

Lina: *Auf Karle, kurbel halt scho s'Fenschter runter!*

Karle: (kurbelt)

Grüß Gott Herr Kommissar, was gibt's?

Polizist: Wissa Sie, warum i Sie ohalt?

Karle: **Noi - äh - noi!**

Polizist: Wirklich net?

Lina: *Oh Karle, jetz hasch dr Dreck, i hab doch die ganz Zeit gsa, du sollsch net so viel drinka, aber du horchsch jo net auf oin!*

Polizist: Wie - was heißt des?

1. Kind: Siehsch Baba und du hasch gsa, s'däd koiner merka, dass du koin Führerschei hasch!

Polizist: Ja - aber also - des geht doch net!

2. Kind: (heult)

I hab's gwisst, i hab's gwisst, i hab's glei gwisst!

Polizist: Was hasch du gwisst?

2. Kind: Das mir mit ma gschtohlena Auto net weit komma.

Polizist: (hält Kelle hoch und pfeift Sturm)

Das Fundbüro

<u>1 Person:</u> „Karle“

Schild „Fundbüro“, Telefon, Kuli, Zeitschrift

***

(Karle sitzt im Fundbüro und füllt Kreuzworträtsel aus, das Telefon klingelt)

Ja grüß Gott Frau Schellaberger. Ha des isch aber schö, dass sie heit bei mir oruafa. I hab sie ja scho a Weile nimme gseha. Wie geht's au immer, was macht dr Mo? - Was? Wie? Ach, sie wellat auf's Fundbüro. Ja do sind sie bei mir richtich. Sind verloren Hab und Güter, dr Karle bringt euch alles wieder!

Aha, sie hent also ihren Schirm irgendwo liega lassa. So, so, es hat zu regern aufghört und do hent sie nimme an dr Schirm denkt. Ja, ja, so passiern die Sacha. Wo hent sie denn ihrn Schirm liega lassa? - Des wisset sie nimme genau! Ha, des sott mr scho wissa. Wenn der Schirm in Schtuagart liegt, no müassa mr in Schtuagart suacha. - Aha, also hier im Ort isch er liega blieba.

So - guat - no lassa sie mich jetz a bissle recherschiera. Wo sind sie denn überall gwä? – Ja, des muass i scho wissa, damit mr weiß, wo mr suacha solla! - Also, aha, sie waret zuerscht beim Metzger, dann in dr Apothek und zum Schluss no auf dr Bank. So, so und jetz fehlt der Schirm! Also, des isch gar net oifach, do brauch i jetz mehr Informationa.

Frau Schellaberger, jetz muass i's ganz genau wissa. Was hent sie beim Metzger wella? - Ja, des isch wichtich! Aha, drei Pärla Saitawürschtla und a Viertel g'rauchta Bauch. Kombiniere, bei ihna gibt's heit Linsa und Spätzla! Hab i recht? - Noi, des isch net egal, was es heit bei ihna gibt, schließlich isch dr Schirm liegablieba.

Vom Metzger sind sie dann gradaus über d'Schtroß in d'Apothek? Aha und net über d'Ampel! - Ja, solche Details sind wichtich bei ma volorena Schirm! So und was hent sie denn in dr Apothek hola wolla? Isch ebber krank dahoim? - Was? Des wella sie net saga? Also wie soll i den Schirm finda, wenn sie Geheimnisse vor mir hent. So wird des nix. - Ja, Frau Schellaberger, i bin voschwiega, scho von Amt's wega, do brauchet sie koi Angscht haba. Also, i könnt ihne Sacha vozähla von dr Frau Trutzaberger und von dr Frau Mehle und... aber bei mir herrscht schtillschtes Schweigen. Sie könnet sich mir ganz ovotraua. - So, so, aha, warum net glei so! Ihr Mo hat also a Wärzle vornadrauf, geh voreck und braucht a Warzapfläschterle! Noi, des isch nix Ugewöhnliches. Erscht vor drei Wocha hat dr Seifferles Heinz s'Gleiche ghett, aber solche Informationa sind bei mir guat aufghoba. Seit der neue Eroscenter aufgmacht hat, kommt des öfters vor.

Also Saitawürscht, Warzapflaschter und net über d'Ampel. - Ja, Frau Schellaberger, des isch wichtich, von alloi find sich der Schirm net. Sie sind doch noch auf d'Bank, gell? Hent sie ebbes abghoba oder ebbes eizahlt. - Aha, am Schreiner sei Rechnung zahlt und 500 Euro aufs Schparbuch. So, so, net schlecht. An Haufa Geld auf d'Bank traga und dr Schirm voschlampern. Aber für solche Fälle gibt's ja mich, Fundbüro, Auskunftei und Amtsbote, bürgernah und diskret.

So, Frau Schellaberger, jetz muass i mol überlega: 500 Euro aufs Schparbuch, drei Paar Saitawürschtla, am Schreiner sei Rechnung ohne Skonto, a Wärzle auf'm Schnäpperle und g'rauchta Bauch. Aha - tja - also Frau Schellaberger, isch ihrn Schirm vielleicht dunkelblau mit rote Tüpfela? - Ja? Und hat er a goldene Schpitza und an schwarza Griff? - Ja? Genau so oiner isch des?

Also Frau Schellaberger, so an Schirm isch net abgeba worda. Froget sie morga nochmol noch!

Das Weinpräsent oder Der unverstandene Dank

2 Personen: 1 Schwabe und 1 Norddeutscher (Nachbarn)

1 Flasche Wein

***

(Norddeutscher kommt mit einer Flasche Wein)

Karle:	Ha noi, des wär jo net nötich gwä!
Norddeutscher:	**Doch, doch, das kommt von Herzen!**
Karle:	Noi, des ko i net onehma, des hätt's net braucht!
Norddeutscher:	**Ach so? Also, wenn das so ist, dann nehme ich den Wein eben wieder mit.**
Karle:	Des wär au net nötich! Dia Flasch bleibt do!
	(greift sich die Flasche)
Norddeutscher:	**Aber, also jetzt weiß ich gar nicht mehr.**

Karle: Des schwätzt mr bloß so raus, dass net nötich wär und so...

Norddeutscher: Das versteht ja kein Mensch. Entweder man möchte etwas oder nicht. Gleichzeitig etwas wollen und nicht wollen, das ist mir zu hoch.

Karle: So isch eba bei de Schwoba, mir sind hälinga bescheida.

Norddeutscher: Hälinga???

Karle: Ja, mir sind halt a bissle schinant.

Norddeutscher: Schinant???

Karle: Also, mir Schwoba wellet eba koine Draufschteher sei, koine uvoschämte Raffsäck, koine rotzfreche „In'd-Tasch-Nei-schtecker", koine habgieriche Dagdiab oder abgschlagene Scheraschleifer, wo net gnuag kriaga könnet...

Norddeutscher: Du mein Gott. Nein, es liegt mir fern, ihnen irgendetwas zu unterstellen.

Karle: Des wird au besser sei!

Norddeutscher:	**Wenn ich das gewusst hätte, dann wäre ich ohne Wein gekommen.**
Karle:	Was? Ohne ebbes? Des däd dir so bassa!
Norddeutscher:	**Wie jetzt???**
Karle:	Des sind mir dia rechte Hungermucka, wo sich dr Finger im A... abbrecha, wenn se ebbes schpringa lassa solla!
Norddeutscher:	**Aber ich wollte doch nur höflich...**
Karle:	I hab scho voschtanda: Höflich umsonscht drvo komma. Net mit mir! Des Fläschle bleibt do, du Furzklemmer, du alter!
Norddeutscher:	**Ich habe doch nur – ich wollte doch nur...**
Karle:	Und ois sag i dir: Wenn s'nägscht Mol wieder so a Gschiss drum machsch, wenn'd ebbes rüberwachsa lassa sollsch, no dua i dir koin Schtreich mehr! No isch's aus mit dr Nachbrschaftshilfe!

Norddeutscher: **Also, ach, ich glaube, ich muss einfach nur um Entschuldigung bitten. Ich konnte doch nicht ahnen...**

Karle: Noi, entschuldicha, des isch jetz au net nötich.

Norddeutscher: (schaut verzweifelt ins Leere und spricht dann ganz leise)
Ich bring ihn um!

(dann wieder laut)
Ich bin mit den hiesigen Gepflogenheiten nicht vertraut, sonst hätte ich...

Karle: Isch scho recht. S'nägscht Mol basch halt besser auf, was'd sechsch.

Norddeutscher: **Also, noch einen schönen Tag.**
(leise) **Du Seckel!**

Karle: Ja, machs guat.
(leise) Du Fischkopf!

Brutale Methoda

2 Personen: „Karle“, „Arzt“

***

Karle: Herr Dokter, was soll i bloß macha, mei Frau hat ganz hoch's Fieber kriagt?

Arzt: ***Hent se scho gmessa? Wia hoch isch's denn?***

Karle: I weiß net so recht. I hab dr Fiebermesser blotza lassa und no isch'd Sauerei auf'm Boda rumgfahra.

Arzt: ***Ja hent se koi zweit's Thermometer drhoim?***

Karle: Ha doch, des scho, aber i ko's halt net recht ablesa.

Arzt: ***Wieso denn net?***

Karle: Wisset se, des Ding vom Eidünschthafa schteht zwischa Breschtling und Dreibla...

Wasser marsch!

<u>3 Personen:</u> „Lina“, „Frieder“, „Karle“, 1 eingeweihte Person aus dem Publikum

Tisch, Stuhl, Zeitung, Besen, Helm, Feuerwehrjacke, 2 Eimer, Klobürste, Gartenschlauch, Telefon, Lappen, Zigarre, Schild „Rauchverbot“

***

Frieder sitzt am Tisch und liest, Lina kehrt, Raucher (eine eingeweihte Person aus dem Publikum) zündet sich eine Zigarette an

Lina: Ha i glaub's jo net. Do hinta zünd sich grad oiner a Zigarettle o!

Frieder: Du bisch vorückt! Wo?

Lina: Do hinta, obwohl do hinna schtrengschtes Rauchverbot herrscht!

Frieder: Der isch fällich, dem Bürschle werd i helfa!

Lina: Was willsch denn zu em saga?

Frieder: I? I sag nix. So bled bin i net, do hat mr seine Leit drfür!

(greift zum Telefon und wählt)

Karle? Karle, gell du hasch doch heit Bereitschaftsdienscht. Genau - do muasch du sofort eischreita. Warum? Ha weil do oiner raucht! Wie? Noi, des mach i net selber... ja, i weiß, dass i au bei dr Feuerwehr bin, aber schließlich hasch du heit Obend Dienscht! Also, mir wartet!

(Hörer auflegen)

(zu Lina)

Der soll ruhich ebbes do. Der loint sowieso bloß wieder vor am Fernseher rum und ziagt oi Viertele nach am ondern nei.

Karle: (erscheint leicht angesäuselt mit Jacke, Helm, Eimer mit Klobürste und Wasser, Schlauch und brüllt)

Wo brennt's, wo soll i löscha?

Frieder und Lina: Do hinta!

(Lina und Frieder gehen hinter den Vorhang)

Karle: (kämpft sich durchs Publikum) *Platz! Machet Platz! Do muass dr Schlauch glegt werda! - (zu Person aus Publikum) „Ha ziag halt dein Ranza ei!“ - „Du hältsch dr Schlauch!“*

(kommt beim Raucher an)

Wasser marsch!!

(holt die Klobürste aus dem Eimer und bespritzt den Raucher mit Wasser)

Raucher: Hilfe, was soll denn des?

Karle: (spritzt weiter)

Bei uns wird net graucht!

Raucher: Ja - aber - des kann mr doch au normal saga. So a Sauerei!

Karle: *Bei uns isch nix normal! Wenn's brennt, no wird glöscht!*

(spritzt weiter)

Raucher: I werd jo seichnass! Des isch jo a Uvoschämtheit!

Karle: *Hättsch net graucht!*

Raucher: I werd mi bei ihrem Kommandanta beschwera!

Karle: So? Beschwera? Bei meim Kommandanta? Koi Problem. Frieder! Frieder, dein Typ wird verlangt!

Frieder: (streckt nur Kopf aus Vorhang)

Was isch'n? Wo brennt's?

Karle: Der nasse Kerle dohanna will sich bei dir beschwera!

Frieder: (eilt dazu)

Der kommt bei mir grad an de Richtiche.

(nimmt sich den Eimer)

Dem Bürschle leer i glei dr ganze Oimer über dr Kopf, wenn's dem net passt!

Raucher: So war des doch net gemoint. I bitt se, höret se doch auf!

(wirft Zigarette in den Eimer)

Frieder: **Siehsch Karle, so macht mr des! Mr muass halt mit de Leit schwätza. Du muasch überzeugend auftreta, als Reschpektsperson. Du muasch dich durchsetza und Flagge zeiga, du muasch noschteha könna wie ein Fels in dr Brandung! Voschtehsch?!**

Karle: (droht mit der Klobürschte)

Des lässt sich der a Lehre sei, der raucht so schnell nimme!

Frieder: **Ja, wer hier raucht oder net, des beschtimma mir!!**

Karle: *Jawohl, des beschtimmt die freiwilliche Feuerwehr und sonscht koiner!*

(Frieder geht zum Tisch, setzt sich und liest weiter)

Karle: („zu Schlauchhalter")

So, du hasch dr Schlauch ghoba

(zu anderer Person)

und du ziagsch an wieder vor!

(Karle überwacht das Ganze, entlässt die Personen und geht hinter Vorhang. Inzwischen kehrt

Lina mit Putzlappen in der Hand auf der Bühne den Boden.)

Frieder: **Dem hab i zeigt, wo dr Bartl dr Moscht holt!**

(setzt sich, lehnt sich zurück und will sich eine Zigarre anzünden)

Lina: I glaub's jo net. In meim Wohnzimmer qualma, grad hab i d'Vorhäng gwäscha! Die Sauerei treib i dir aus!

(schlägt Frieder den Lappen ins Gesicht)

Frieder: (flüchtet)

I glaub, du schpinnsch!

Lina: (baut sich breitbeinig auf)

Wer hier drinna raucht - des beschtimm i!!

Tierliebe

2 Personen: „Frieder" mit Meterstab und Holzbrett oder Bohrmaschine
„Karle"

Meterstab, Holzbrett oder Bohrmaschine

***

Karle: Mensch Frieder, wenn mr di sieht, no bisch doch allaweil nur noch am Werkla.

Frieder: Weisch, a bissle was muasch scho do, damit dei Sach auf Vordermann hasch. Guck amol do, zum Beischpiel meim Harras sein Hundezwinger. Erscht letscht Woch total frisch baut. Der hat jetz 16 Quadratmeter Auslauf, voll überdacht und von drei Seita windgschützt. Do gfällt's dem Kerle!

Karle: Na ja - sieht net schlecht aus, der Zwinger...

Frieder: Was heißt denn do 'Sieht net schlecht aus'? Also hör mr bloß auf, besser hättsch du des au net nobrocht. Der isch so schö worda, dass mr ohne weiteres selber neihocka könnt.

Karle: Ja, also wenn de moinsch...

Frieder: Du kannsch ruhich au no do hergucka und mein neua Hüahnerschtall bewundra. Aus kanadischem Zedernholz und mit greifvogelsicherem Grasplätzle!

Karle: Erschte Klasse! Des gibt beschtimmt glückliche Eier. I glaub sowieso, für dei Ziffer duasch du alles.

Frieder: Wie bitte, wia moinsch denn du des jetz? I schaff net bloß für mei Ziffer. I dua au ebbes für mei Frau, des kannsch fei glauba. Erscht vor 6 Wocha hab i ihra d'Küche umbaut nach de neueschte Erkenntnisse - subber modern und beschtens durchdacht. Sogar an Eibauradio hat se kriagt.

Karle: Was du net sagsch - an Eibauradio...

Frieder: Natürlich! Oder hasch du no nia ebbes von artgerechter Haltung ghört?

SMS

<u>2 Personen:</u> „Karle“, „Frieder“

Handy, Tisch, Stuhl

***

(Karle sitzt am Tisch. Frieder läuft durch den Raum, drückt auf das Handy und kommt nach einer Weile auf Karle zu)

Karle: (schaut ihm eine Weile interessiert zu)

Sag mol Frieder, schtimmt mit dir ebbes net?

(Frieder gibt keine Antwort und drückt weiter)

Karle: (lauter)

Was isch denn los mit dir? Hasch du was?

Frieder: (blickt auf)

Lass mir mei Ruah, i hab grad koi Zeit!

Karle: Ha du hasch doch net alle Tassa im Schrank. Seit du ein Handy hasch, kann mr mit dir nimme schwätza. Du bisch doch ein Dackel.

Frieder: **I hab doch gsa, i kann grad net. I muass no drei SMS-la voschicka, do kann i jetz net mit dir schwätza!**

Karle: Was muasch du voschicka?

Frieder: **SMS-la. Aber des voschtehsch du net!**

Karle: Komm, komm, bloß weil du jetz a Handy hasch, bisch no lang net gscheiter! Was soll denn des sei, so a SMS-le?

Frieder: **Des sind Botschafta über's Handy.**

Karle: Was du net sagsch! Botschafta über's Handy! Bisch du jetz unter d'Botschafter ganga?

Frieder: **Noi, koi Ruah hat mr! I dua auf meim Handy Mitteilunga voschicka.**

Karle: Ha Frieder, du schwätzsch doch sonscht net viel und seit du a Handy hasch, duasch du Mitteilunga voschicka. Jetz kann i gar nimme.

Frieder: **Karle, des vostehsch du net.**

Karle: Do hasch recht. S'ganz Johr bringsch d'Gosch net auf und seit du des Glump hasch, drücksch du dir d'Finger wund. Was drücksch denn grad nei in dei Handy?

Frieder: Des geht dich nix o!

Karle: Jetz komm, sag doch mol, mi däd's scho intressiera, was mr mit so ma Handy alles macha ko.

Frieder: Wega mir. Also, i hab jetz grad meiner Frau a SMS gschickt.

Karle: Ja, was hasch do gschickt? Genauer!

Frieder: Also i hab neidrückt: Komme Punkt Zwölfe zum Essa, Frieder.

Karle: Hochintressant - du kommsch doch aber jeden Dag Punkt Zwölfe zum Essa! Was hasch denn noch eitippt? Komm sag!

Frieder: Also, grad vorhin hab i am Guschtav a Mitteilung durchglassa: Lieber Guschtav, alles Gute zu deinem 50., dein Frieder!

Karle: Ha Frieder, dr Guschtav isch doch dein Nachbr. Do geht mr doch persönlich no und gratuliert!

Frieder: Eine SMS-Botschaft isch was Persönliches, des drückt mr selber nei!

Karle: Dei Handy-Drückerei isch scho was Bsonders. Wie viel hasch denn heit scho voschickt?

Frieder: I glaub, s'wara 7 oder 8 Schtück.

Karle: Was du net sagsch. Wem hasch denn alles oine gschickt?

Frieder: Also am Guschtav zu seim 50., meiner Frau, meim Junga dreimol, meim Gschäftskolleg, nochmol meinera Frau und dr Rescht weiß i nimme.

Karle: Was? Du hasch sogar deim Junga dreimol ebbes gschickt? Was war denn so Wichtichs?

Frieder: Mensch Karle, du willsch's aber genau wissa.

Karle: Ja, des SMS intressiert mi scho!

Frieder: Beim erschta Mol hab i irgendwas falsch eigeba, beim zweita Mol hab i am gsa, dass i glei nochmol oine schick und beim dritta Mol, hab i meim Bua Bscheid gsa, dass er heit Obend mei Auto net haba kann.

Karle: Siehsch du dein Junga heit nimme?

Frieder: Doch, wieso frogsch Karle?

Karle: Frieder, du Schofseckel, warum schicksch dann a SMS, wenn'd en noch siehsch?

Frieder: Des hat psychologische Gründe. Wenn mein Junger sieht, dass ebbes auf'm Handy isch, no glotzt der gleich nooch. So a Nachricht kommt o. Wenn i zum Beischpiel heit beim Mittagessa saga däd, dass er heit Obend s'Auto net kriagt, no däd's dr gröschte Händel geba. Aber so, per SMS, isch die Sache klar.

Karle: Also, lass mi mol zammafassa. Des heißt also, mit SMS kommt mr ugschwätzt durch's Leba!?

Frieder: (im Weglaufen)

Genau und wenn du dich in Zukunft mit mir unterhalta willsch, no kaufsch dr besser a Handy...

Irrahaus

2 Personen: „Patient“, „Arzthelferin“

***

Arzthelferin: Hent se scho 10 Euro für des Quartal zahlt?

Patient: Scho letscht Woch.

Arzthelferin: No brauch i d’Quittung.

Patient: Die hab i net.

Arzthelferin: No kriag i 10 Euro!

Patient: Aber, i hab doch scho letscht Woch...

Arzthelferin: Ohne Quittung geht nix.

Patient: I hab doch jetz glei an Termin!

Arzthelferin: Do kann i nix macha.

Patient: Sie Freilein, ha jetz glaub i’s glei ...

Arzthelferin: Quittung oder 10 Euro!

Patient: Wenn i letscht Woch net scho zahlt hätt, no hättet se mir jo gar koin Termin geba könna!

Arzthelferin: Waret se letscht Woch beim Dokter drinna?

Patient: Ha freile.

Arzthelferin: No muass i gugga.

Patient: Gugget se!

Arzthelferin: Sodele, do schteht: Praxisgebühr bezahlt gega Quittung!

Patient: Sag i doch!

Arzthelferin: Also hent se doch a Quittung!

Patient: Aber net drbei!

Arzthelferin: No koscht's 10 Euro!

Patient: Mi haut's um!

Arzthelferin: Wellet se sich nolega?

Patient: I will mi net nolega, i will in'd Schprechschtund!!!

Arzthelferin: Aber net ohne Quittung!!!

Patient: ... ...

Arzthelferin: Isch ihne net guat?

Patient: Wisset se was?

Arzthelferin: Noi!

Patient: Schreibet se mir a Überweisung für dr Irraarzt raus!

Arzthelferin: No kriag i 10 Euro!

Patient: (fällt um)

Arzthelferin: Herr Dokter, kommet se schnell, scho wieder a Notfall...

Zwangslage

2 Personen: „Karle“, „Frieder“

Tisch, 2 Stühle, 2 Gläser, 1 Flasche Wein

***

Karle: Ha des freut mi aber, dass i di amol wieder seh! Drinksch ebbes?

Frieder: Noi danke, i hab erscht grad ebbes drunka.

Karle: Ha jetz komm, sei doch net so! Du wirsch doch ebbes drinka könna?!

Frieder: Noi, ehrlich net! S'isch guat gmoint, aber i kann grad gar nix drinka.

Karle: A bissle was wirsch doch drinka könna, du bisch doch sonscht net so oder schmeckt dr womeglich mein Wei net?!

Frieder: Freile schmeckt mir dein Wei!

Karle: Also, no drinksch gfällichscht! Des wär jo no schöner. Oi Viertele, komm, i schenk dr ei!

Frieder: I hab grad scho oi Viertele drunka und i muass no Auto fahra...

Karle: Komm, so ein Kerle wie du, der voträgt meh wia oi Viertele, des wär jo glacht.

Frieder: I will aber jetz wirklich nix, des muasch doch voschteha könna?!

Karle: I voschteh scho. Du schlägsch deim beschta Freind a Viertele ab. Du kommsch nochmol zu mir und willsch ebbes!

Frieder: Aber i will doch gar nix!

Karle: Halt dei Goscha du Scheraschleifer. I biat dir a Viertele o und du willsch glei no a Veschper drzua!

Frieder: Des hab i doch gar net gsa!

Karle: Aber denkt! I kenn de!

(kleine Pause)

Frieder: Was hättsch denn do?

Karle: I könnt gschwind a Büchsa Schinka-wurscht aufmacha. Brot hätt's do!

Frieder: Hättsch au Gürkla und Senf?

Karle: I glaub scho.

Frieder: (grinst und setzt sich an den Tisch)

Also guat, no drinke halt a Gläsle. I will jo net so sei...

„Mensch ärgere dich nicht“

3 Personen: „Karle“, „Eugen“ und „Lina“

„Mensch-ärgere-dich-nicht-Spiel“, Tisch, 2 Stühle

***

(Karle und Eugen sitzen am Tisch und spielen „Mensch-ärgere-dich-nicht“)

Eugen: So, du kommsch dro!

Karle: (würfelt)

So isch recht, an Sechser und glei noch mol oiner, sodele.

(zieht)

Eugen: I hab heit gar koi Glück. S’läuft überhaupt net. Du hasch scho zwei Männla drhoim und i no gar kois.

Karle: **Mr muass halt würfla könna...**

(würfelt)

Fünf!

(zieht hörbar sieben Schritte)

Eins, zwei, drei, vier, fünf - so - zack und raus mit dir.

(wirft eine Figur von Brett)

Eugen: Net scho wieder, do komm i jo gar net vorwärts!

(würfelt)

Oh je, a Zweierle, immer bloß so Kloigruscht.

Karle: (würfelt)

So, jawoll, sechs und noch an Vierer, so isch recht.

(zieht)

Eugen: I geb auf.

Karle: I schpürs scho in de Finger, des gibt wieder an Sechser.

(schüttelt mit der Hand, würfelt zu stark, der Würfel fällt auf den Boden)

Scheißdreck, wo isch'n jetz der Würfel no?

(Eugen stellt entweder den Fuß drauf oder der Würfel wird nicht gesehen)

Siehsch du den Würfel?

Eugen: Noi! Gugg halt mol unterm Tisch!

(Karle schaut unten, Eugen schummelt oben)

Karle: Do isch'r. I hab'n.

Eugen: Du kommsch!

Karle: (würfelt)

Fünf.

(zieht)

Eins, zwei, drei, vier, fünf. Ja wia, so weit war i doch vorhin scho!

Eugen: Schwätz net raus, geb her!

(will den Würfel)

Karle: Du hasch doch bschissa!

Eugen: Was soll i?

Karle: Du hasch doch mei Männla voschoba!

Eugen: So ebbes hab i net nötich, I gwinn au so!

Karle: Als ob i des net merka däd!

Eugen: Du warsch scho immer an schlechta Volierer. Komm, geb jetz den Würfel her!

Karle: Noi, mit dir schpiel i nimme. Du hasch bschissa!

Eugen: Wer mit dir schpielt, der braucht net bscheißa. Du kannsch jo gar net schpiela!

Karle: Des nimmsch zrück!

Eugen: Noi, des bleibt schteha!

Karle: Weisch was? Du bisch die längscht Zeit mein Freind gwä, du Betrüger, du!

Eugen: Und du meiner!

Karle: Ab sofort kenn i di nimme, du falscher Fuffzicher du!

Eugen: Und i, i hab di noch nia kennt!

Karle: I könnt dir grad dr Deckel auf dr Dez schlaga, du Scheraschleifer du elendicher!

Eugen: Du trausch di doch gar net, du Lumpaseckel!

Karle: (schlägt zu)

So, des hasch jetz, du Männlesschieber!!

(Eugen nimmt das Spielbrett und schlägt zurück. Beide schlagen und verfolgen sich mit vielen Schimpfwörtern)

Lina: (erscheint auf der Bühne)

Ja saget amol ihr Kindsköpf, was machet ihr denn?

(Karle und Eugen halten inne, schauen sich an)

Karle: **Mir hent doch heit unsern Schpieleobend!**

Lina: *So heißt des bei euch, wenn ihr so a Gschrei machet!*

Eugen: Des ghört drzua, mir sind eba voll drbei.

Lina: *Aha und was soll no des für a Schpiel sei, wo zwei so ausgwachsene Dackel wia ihr im Haus rumsauet wia net ganz gscheit?*

Karle und Eugen: Des siehsch doch, „Mensch-ärgere-dich-nicht“?!!

Vollmond

<u>3 Personen:</u> „Eugen“, „Karle“ und „Frieder“

Tisch, 3 Stühle

***

(Eugen sitzt mit aufgestütztem Kopf stumm am Tisch, Karle kommt und setzt sich still dazu)

Frieder: (kommt auch dazu)

Ha ihr zwei sind mir dia Rechte, geschtern dr große Max markiera und heit rumhänga und nimme könna.

Eugen: Frieder, sei doch net so laut, i hab so Kopfweh!

Karle: Und i sag erscht gar net, wia liadrich dass mir's geht.

Frieder: Des hab i gern. Vor 24 Schtund hent ihr im Ochsa no die gröschte Töne gschpuckt, oi Viertel ums onder zoga und heit isch Katzajammer.
Karle, du warsch so schternhagelbsoffa, dass du nimme gwisst hasch, was du duasch.

Karle: **Und? Was hab i do?**

Frieder: *Du hasch ums vorecka dr Mond eifanga wella und bisch auf dr Tisch naufklettert.*

Karle: **Oh je. Und dann?**

Frieder: *Und dann? No hasch mit aller Gwalt d'Deckalampa mitsamt am Kabel runtergrissa und hasch gschria: „Der Mond ghört mir!"*

Eugen: I glaub i schpinn!

Karle: **Oh Gott - oh Gott!**

Frieder: *Genau, die ganz Wirtschaft hat sich boga vor Lacha.*

Karle: **Um Himmelswilla!**

Frieder: *Ja - und no bisch auf'm Tisch rumghopft und hasch gschria, du dädsch den Mond jetz vokaufa.*

Karle: **Was? Au no vokaufa?**

Frieder: *Für 100 Euro hasch'n obota, d'Leit sind schier zammabrocha.*

Eugen: Des kann au bloß dir passiera!

Karle: **Noi, noi, so a Schand, do kann i jo nia wieder neigeha. So eine Blamasch!**

Frieder: *So isch's au wieder net Karle. Du kannsch guat wieder in Ochsa geha. S'Beschte kommt nämlich erscht noch.*

Eugen: Ha schlimmer kann's doch nimme komma!?

Frieder: *Doch Eugen - doch! Du Dackel hasch'n kauft!*

Wahltaktik

2 Personen: „Frieder“, „Karle“

***

Frieder: Welle wählsch‘n du desmol?

Karle: I weiß no net recht, heit ko’sch doch koin meh wähla!

Frieder: Des isch gwiss wohr. Alle wella oim bloß in’d Tasch langa und sich dia oiga Tasch drbei vollschtopfa.

Karle: Genau! Oiner so liadrich wia dr onder. I glaub, i lass desmol s’Wähla bleiba, des hent se no drvo!

Frieder: Des isch grad vokehrt. Wenn du net wähla gehsch, gibsch automatisch dei Schtimm dene, wo’d net wella dädsch, dass se‘s kriaga dädet.

Karle: Ha noi! Wieso denn des? Des isch jo a Sauerei!

Frieder: So isch’s aber in dr Demokratie. Do gibt’s nur zweierlei Leit: Do gibt’s dia „Vorher-Wähler-und-Hinterher-Goschler“ und dia „Vorher-Nicht-Wähler-und-Hinterher-Goschler“.

Karle: **Also gibt's bloß „Hinterher-Goschler".**

Frieder: Ja, aber dia oine hent wenichschtens an Grund drzua.

Karle: **Mensch Frieder, aber welle soll mr denn wähla? Welle wählsch'n du?**

Frieder: I hab do mei Syschtem. I wähl immer dia, von dene wo'n i s'schönschte Wählergschenkle kriag.

Karle: **Ach was...**

Frieder: Genau! Aber koin Scheißdreck, gell! S'muass scho ebbes Recht's sei. An Meterschtab, a Taschamesser oder a Pärle Schaff-Handschuah oder so.

Karle: **Also - ha jo - wenn des so isch, no wähl i liaber doch net.**

Frieder: Wieso net?

Karle: **Weisch, i hab beim letschta Mol an subber Kugelschreiber mit CDU-Aufdruck gschenkt kriagt und der isch mr scho nach zwei Wocha voreckt.**

Frieder: No kriagt automatisch d'SPD dei Schtimm!

Karle: **Wega mir, solle se doch, dia hätt i au desmol gwählt, wenn i wähla däd...**

Frieder: Aha, du wählsch also d'Soze?

Karle: **Ja genau, dene ihr'n Kuli duad no!**

***

(Je nach Befindlichkeit, können die Parteien natürlich ausgetauscht werden)

Schöne Aussichten

2 Personen: „Frieder“ und „Lina“

Fernglas

***

(Frieder schaut durchs Fernglas, grinst und pfeift)

Frieder: Holla, holla, des sind Dinger - aber hallo!

Lina: (läuft vorbei)

Ja sag amol Frieder, was machsch denn du do?

Frieder: (erschrocken)

I - i - i gugg mir die internationale Raumschtation o. Du weisch doch, dieses riesa Weltraumprojekt. Der Ofang der intergalaktischen Reisen der Menschheit.

Lina: **Was du net sagsch. Komm, geb mir au amol dei Fernglas, i will au amol gugga.**

Frieder: (gibt ihr das Fernglas)

So Lina, du muasch dort nauf gugga!

Lina: Wieso dort nauf? Du hasch doch dort nüber guggt!

Frieder: Ha - die - die Raumschtation, die saut doch im Weltraum rum, die isch jetz dort droba.

Lina: Komm Frieder, so schnell kann doch die net saua!

Frieder: Wenn i sag, jetz gugg halt dort nauf!

Lina: (schaut nach oben)

Also i seh nix, do isch nix, bloß Nacht. Komm, lass mi amol dort nüber gugga.

(Frieder versucht das zu verhindern)

Dua jetz amol die Finger weg und lass mi in Ruah gugga!

Frieder: Aber des isch die falsche Richtung.

Lina: (schaut nun in die entsprechende, angeblich falsche Richtung)

Ha wla, was, ha frelle, hab I mir's doch glei denkt! Du glotsch am Mariele ins Bad nei. Du bisch vielleicht ein Schera-schleifer. Nachts de nackiche Menscher ins Bad glotza. Ha du Schpanner du, du Erdalump.

(gibt ihm das Fernglas zurück)

Do hasch dei Schpannerwerkzeug, du Lumpaseckel. Mit dir schwätz i jetz a Weile nimme, bloß, dass des weisch!

(Lina geht. Frieder steht eine Weile da, hält das Fernglas wieder in besagte Richtung und grinst)

Frieder: Also ganz ehrlich, dem Mariele ihrn Busa, der isch scho intergalaktisch!

...koi Linker?

<u>2 Personen:</u> „Frieder", Schuhverkäuferin

3 Paar Herrenschuhe, Papierkorb, Socken mit Löcher, Stuhl, Schuhlöffel, Tisch, Staubtuch, Meterstab, 50 Euro

***

(Schuhe auf einem Tisch aufbauen, Schuhverkäuferin staubt Schuhe ab)

Frieder: Grüß Gott!

Verkäuferin: Grüß Gott der Herr, womit kann ich diena? Suacha se a paar neue Schuah?

Frieder: Des isch aber a saublede Frog. Moina se vielleicht, i suach a Päckle Reißnegel?

Verkäuferin: ...Äh... Was für a Schuahgröß hent mr denn?

Frieder: Wieso mir? Ihr Schuahgröß intressiert mi net!

Verkäuferin: I hab doch au ihre Füaß gmoint. Welche Größ braucha se denn?

Frieder: Ha a passende! Sie sind doch vom Fach! Des müassa sie doch seha!

Verkäuferin: Also, dann setza se sich mol hier auf den Schtuahl!

(Frieder setzt sich)

Sodele!

(Verkäuferin zieht den Schuh von Frieder aus und hustet)

Do wäret aber net bloß neue Schuah fällig!

Frieder: Mei Socka hebet no a Weile.

(Verkäuferin misst mit dem Meterstab den Fuß, Frieder zuckt)

Frieder: Des kutzelt aber!

Verkäuferin: I bin scho fertich, Größe 45. An was für an Art Schuah hent se denn denkt?

Frieder: An a paar Schwarze, i muass auf a Beerdigung.

Verkäuferin: So, Schwarze. Do könntet se am beschta ohne Schuah geha.

Frieder: Wie moinet se jetz des?

Verkäuferin: Ha weil ihre Zehnägel so traurich aus de Socka gugged.

Frieder: (nimmt einen Schuh)

Isch des do mei Größ?

Verkäuferin: Gut gewählt. Englisches Schweinsleder mit doppelt genähter Brandsohle!

Frieder: Wo brennt's?

Verkäuferin: Nirgend's brennt's! Des heißt mr so bei ma Qualitätsschuah!

Frieder: Und do schwitzt mr net, auf so ra Brandsohla?

Verkäuferin: Ach woher und wenn, dann leg i ihne a Aktiv-Kohla-Söhle nei.

Frieder: Mei Füaß sind scho schwarz, i brauch koi Kohla!

Verkäuferin: (nimmt einen anderen Schuh)

Dann schlupfa se doch amol in die Schuah do nei! Schick, elegant, bequeme Luftpolschterausschtattung.

Frieder: Der gfällt mr net!

Verkäuferin: (nimmt weiteren Schuh)

Dann der hier?

Frieder: Der au net!

Verkäuferin: (nimmt nochmals weiteren Schuh)

Vielleicht aber unser Schpitzamodell „Schwäbische Alb"? Zeitlos, elegant, dr Schuah für den Mann von Welt.

Frieder: I bin net von Welt, i komm aus... (jeweiliger Spielort)

Verkäuferin: (probiert Frieder den rechten Schuh an)

Also der sitzt wie ogossa!

Frieder: (stampft zweimal auf)

Den nehm i. Was koscht der?

Verkäuferin: **Des Pärle kommt auf 100 Euro.**

Frieder: Des isch aber au net grad wenich!

Verkäuferin: **Für so an Qualitätsschuah sogar äußerscht preiswert!**

Frieder: Wega mir - den bhalt i glei o!

(Verkäuferin will ihm den zweiten Schuh geben)

Frieder: Den Zweita könna se bhalta, i brauch bloß dr Rechte!

Verkäuferin: **Ja - wie - bloß dr Rechte!?**

Frieder: Mein alter Linker isch no guat, mir langt der oine! Den ondera brauch i net.

Verkäuferin: **Aber mein Herr, Schuah werdet doch nur pärlesweis verkauft!**

Frieder: I brauch aber koi Pärle!

Verkäuferin: **Einzeln kann i ihne den Schuah net vokaufa!**

Frieder: Warum denn net?

Verkäuferin: **Weil des net geht. Und außerdem, wenn des mein Chef rauskriaga däd, do hätt i dr gröschte Ärger!**

Frieder: Ha der braucht doch drvo nix wissa, von mir erfährt der nix. 50 Euro Umsatz sind doch besser wia nix!

Verkäuferin: **Also i weiß net recht.**

Karle: Do sin 50 Euro. Jetz vokaufa se mir halt den oina.

Verkäuferin: **I hab a ganz schlechts Gwissa, des hab i noch nia gmacht - also von mir aus.**

Frieder: (zahlt)

Sodele.

(will gehen, dreht sich aber noch einmal um)

Sie Freilein, was machet se denn jetz mit dem ondera Schuah?

Verkäuferin: **Mit dem kann i gar nix mehr ofanga, den kann i jetz grad in Mülloimer schmeißa!**

(wirft den Schuh in Mülleimer)

Frieder: (überlegt eine Weile, holt den Schuh dann wieder aus dem Mülleimer)

Ha wenn des so isch, no nimm'en halt!

Liebesdienst

2 Personen: Mann und Frau

***

Er: Du Schätzle, i mach dir heit a Freid und bring dir's Frühschtück ans Bett. Weisch no, wia letschta Sonndich...

Sie: Des isch aber liab von dir!

Er: Was hättsch'n gern?

Sie: Also wenn'd me so frogsch, no hätt i gern zwei Scheiba Toscht, aber schee schwarz vobrennt, drzua a boggelhart kocht's Ei und a Tässle hellbrauns, lauwarms Wasser mit Bixamilchgschmäckle. Ja und beim Reibringa schüttsch no au glei dia Hälft über mi drüber!

Er: Ha du hasch vielleicht Sonderwünsch. Ob i des alles so nobring, weiß i net!

Sie: Des isch net schwer, mach's oifach so wia letscht Woch...

Heimwerkerelend

<u>1 Person</u>

Meterstab, Beißzange

***

Was soll i bloß macha? So langsam wird's eng, mir fällt bald nix mehr ei, was i no macha könnt. Jetz hab i scho in alle Zimmer Holzdecka droba.

Ach ja...

Mei Garasch hab i gfliest, akurat, alles picobello, oi grade Linie von vorna bis hinta.

Ach ja...

S'Haus isch frisch gschtricha. Alle Fenschter sind grichtet, abgschmirgelt, zweimol grundiert und dreimol mit Abschlusslack. Die hebet jetz ewich.

Ach ja...

Parkettböda sind au scho überall drin - massive Eiche. Do brauchsch nie mehr was macha, s'Beschte vom Beschta!

Ach ja...

In sämtliche Winkel hab i scho Eibauschränk und Regal neizimmert. Nirgends findsch mehr a Eckle, wo ebbes neipassa däd.

Ach ja...

Vorichs Johr hab i alles frisch tapeziert - des fällt au flach. Elektrische Rolladaöffner hab i eibaut, auf dr Bühne an Korkboda neiglegt, sogar d'Biberschwänz mit Dachlack gschtricha. Im Hof hab i d'Knochaschtoi rausgrissa und Naturschtoiplatta volegt. Dr Gartazau isch gschtricha und meine Kinder hab i des Johr scho dr dritte Zwerghasaschtall und die viert Puppaschtub baschtelt.

Mir fällt nix mehr ei. Was soll i bloß macha? Do müasst grad ebbes vorecka, damit i a Gschäft hätt.

Aber was mach i bloß, wenn nix voreckt?

Oh Elend!
Des isch doch koi Leba meh!

Schönheit braucht Zeit

<u>2 Personen:</u> „Karle“, „Lina“

Gurkenscheiben, Lockenwickler, Hupe

***

(Karle, gut angezogen, trippelt vor dem Vorhang hin und her, Lina hinter Vorhang mit Gurkenmaske und Lockenwickler)

Karle: (schaut auf die Uhr)

Lina, s’Konzert fangt in ra ¾ Schtund o, mir sottet so langsam geh!

Lina: (hinter Vorhang)

I bin no net ganz soweit!

(Karle läuft hin und her)

Karle: (bruddelt)

Oh, diese Weiber, immer s’Gleiche, wenn mr oimol wo no will.

(zu einem Mann im Publikum)

	Isch des bei dir drhoim au so?
	Lina! Auf jetz, s'Taxi muass doch glei komma!
Lina:	**Jetz trivillier doch net so, mr wird sich doch no richta dürfa!?**
Karle:	Des hält mr im Kopf net aus. Die weiß doch scho dr ganze Dag, dass mir heit Obend fort wella, aber fertich wird se trotzdem net! Schtundalang im Bad hocka! Lina, in ra halba Schtund geht's los!
Lina:	**Ja, i bin doch glei fertich!**
Karle:	Mir kommet wieder als Letschte, wie immer!
Lina:	**I mach doch scho!**
Karle:	Wenn's Orcheschter ogfanga hat, komma mr nimme nei!
Lina:	Sofort!

(Autohupe ertönt)

Karle:	Lina, s'Taxi isch do!
Lina:	(streckt den Kopf mit Lockenwickel und Gurkenmaske aus dem Vorhang)

	Was, jetz scho?
Karle:	(brüllt)
	Lina!!! Wie siehsch denn du aus!?
Lina:	**Wie moinsch jetz des?**
Karle:	Ha so könna mr doch net fort!
Lina:	**Karle, i hab halt denkt, wenn du scho mol mit mir ausgehsch, no willsch au a schöne Frau haba!**
Karle:	Ja scho, aber vorher hasch mr besser gfalla!

Wertewandel?

2 Personen: Vater und Sohn

***

Vater: Hasch du an Wunsch zum Geburtsdag, Bua?

Sohn: Noi, du kannsch mr's Geld so geba.

Vater: Geld isch doch koi Gschenk!

Sohn: Ha Vadder, für mi scho!

Vater: I weiß gar net, dass du so auf's Geld aus bisch.

Sohn: Des isch heit normal.

Vater: Aber Kerle, des isch doch nix Persönlich's, oifach bloß Geld!

Sohn: Für mi langt's.

Vater: Also Bua, wo i so alt war wia du, do hat mr sich noch echte Sacha gwünscht: Fahrtamesser, Lexiko, Unterleibla, gschtrickte Socka, Waxmolschtift...

Sohn: Vadder, dia Zeita sind vorbei!

Vater: Oh Kerle, du voschtehsch gar net, was i dir saga will!

Sohn: **I bin halt net so wia du!**

Vater: Moinsch?

Sohn: **Logisch!**

Vater: Des glaub i net!

Sohn: **Wieso net?**

Vater: Weisch Bua, i hätt früher au liaber s'Geld ghett...

Der Simulant

<u>3 Personen:</u> „Karle“, „Frieder“, „Lina“

Besen

***

Karle: (fegt den Hof und fasst sich dabei immer wieder an den Rücken)

Oh - oh - mei Kreiz!

(fegt weiter)

Ohhh!! Do könnscht doch vorecka, des wär meiner Frau ganz egal!

(fegt)

Ohhh, mei Kreiz, oh weh!

Frieder: (kommt vorbei)

Karle, dass mr dich au amol wieder was Schaffa sieht!

Karle: Was willsch macha, wenn mr au schier nimme kann, mei Weib gibt doch koi Ruah!

Frieder: **Wie geht's denn überhaupt, jetz, nachdem du in dr Kur gwä bisch? Moinsch, s'hat dr ebbes bracht?**

Karle: Oh frog net, s'isch so liadrich wie vorher!

Frieder: **Was, s'isch net besser worda? Was du net sagsch! Was hasch denn für Owendunga kriagt?**

Karle: Alles Mögliche. Morgens Gymnaschtik, dann Moorbad, hinterher Massage, dann wieder Gymnaschtik, mittags Bewegungsbad, Lymphdränasche und dann nochmol Gymnaschtik.

Frieder: **Was? Dreimol Gymnaschtik am Dag?**

Karle: Jeden Dag! 4 Wocha lang! Bis zum Umfalla!

Frieder: **Was hent dr do denn alles für Übunga gmacht in dene 4 Wocha? Komm, mach mol vor, i hab's doch als au so im Kreiz.**

Karle: Aber bloß, wenn mei Lina nix drvo merkt, aber i glaub, die isch ins Haus neiganga zum Bügla. Wart, i leg gschwind mein Besa do num, damit gnuag Platz isch. Aber du muasch mitmacha, alloi mach i des net.

Frieder: Ha freile, des intressiert mi scho au.

Karle: Mei Lina darf aber net merka, dass i mi rega kann, gell!

(Beide ziehen ihr Hemd, bis auf Unterhemd und ihre Schuhe aus)

Karle: So, jetz pass auf, die erschte Übung!

(es folgen eine ganze Reihe von Übungen, schön beschrieben und von beiden gleichzeitig ausgeführt. Den besten Lacherfolg erzielt man, wenn die Übungen synchron ablaufen. Nach der ersten Übung schaut Lina, von den beiden unbemerkt, vom Fenster aus zu)

Karle: (registriert erst jetzt, nach der letzten Übung, dass seine Frau zuschaut. Er hört sofort mit der Gymnastik auf, greift sich an den Rücken und will zu jammern beginnen)

Oh - oh...

Lina: Karle! Du hörsch auf dr Schtell mit Jammra auf. I hab genau gseha, was los isch. Von wega, du kannsch di net rega, von wega, du hasch's im Kreiz. Du Simu-

lant, du wurmicher. Du hasch's bloß im Kreiz, wenn i dir a Gschäft ogeb. Aber i kenn di, du Blitz, du elender. Du kommsch mir grad recht, dir helf i. In Zukunft kannsch du dr ganze Bettel alloi macha, i dua koin Schtreich mehr!

(Lina geht, Karle und Frieder schauen sich an)

Frieder: So Karle, jetz hasch dr Dreck!

Karle: (schreit)

I hab jo glei gsa, dass so a Kur nix bringt!

Im Tschädd

<u>3 Personen:</u> „Frieder", „Karle", „Lina"

***

Frieder: Karle, was machsch'n scho wieder vor deim Compjuter? Seit du a eigene Kischta hasch, bisch jo grad wia nobebbt!

Karle: Frieder, schtör mi net, i bin grad im Tschädd!

Frieder: Was? Wo bisch du?

Karle: Im Tschädd. Ach, du hasch jo koi Ohnung, du hasch jo au koin Pezeh.

Frieder: Noi, no erklär mr's halt!

Karle: Also, horch zua, dr Tschädd, des isch ein Raum im Internet, wo mr sich unterhalta ko. Nur digital, also virtuell, voschtehsch?

Frieder: Noi!?

Karle: Im Tschädd hat mr ondere Leit auf'm Bildschirm und unterhält sich mit dene.

Frieder: Du schwätz doch sonscht nia nix...

Karle: **Im Internet isch's au anonym, do kennt mr sich net!**

Frieder: Ach deswega...

Karle: **Ja, do kosch du ohne Hemmunga saga, was dr gfällt.**

Frieder: So und mit wem schwätz no du?

Karle: **Also i hab mir do so a Compjuter-mäusle aufgrissa, an ganz heißa Feger, aber gell, mei Frau derf nix drvo wissa! Deshalb dua i immer bloß tschädda, wenn sie Waschdag hat, no seh i se dr ganze Dag net.**

Frieder: Du gehsch also nebanaus!?

Karle: **Noi, des isch net so wia du denksch. Im Tschädd isch des alles elektro-nisch-platonisch.**

Frieder: So, no läuft also nix?

Karle: **Noi, bloß über dr Compjuter!**

Frieder: Und wia heißt des Mensch?

Karle: **Des isch mei Wäbb-Geheimnis.**

Frieder: Schtell di net so o, mir ko'schs doch saga, i hab jo koin Pehzeh.

Karle: **Wega mir, des Bollaweib heißt „Breschtling 45".**

Frieder: Was? Isch des womeglich oine aus'm Ländle?

Karle: **Des ko mr net wissa. Theoretisch ko dia au in China hocka!**

Frieder: No däd se aber net „Breschtling" heißa, sondern Mailing oder so!

Karle: **Des isch doch au grad egal. Hauptsach, i hab a Subber-Wäbb-Konnektschn.**

Frieder: Und du? Wia heisch'n no du?

Karle: **I bin dr „Trollinger-Kabinett 49".**

Frieder: Landwei hätt's au do, des wär treffender gwä!

Karle: **Du hasch doch koi Ohnung! Im Tschädd, do muasch du ebbes vorschtella, dir ebbes eifalla lassa. Sonscht kommsch zu nix, scho gar net bei de Weiber!**

Frieder: Des isch wohr. Als „Allmachtsdackel 49" hättsch natürlich schlechte Karta. Aber als Dreiviertelliterfläschle bisch du's Käpsele!

Karle: **Von mir aus, mach di luschtich! Aber i hab mei Webb-Weib gfunda, ein Granataweib! Mit der ko i mi über alles unterhalta, ohne Hemmunga und soll i dir ebbes saga, die voschteht mi besser wia mei Frau.**

Frieder: Guat, wenn du des brauchsch.

Karle: **Halt bloß dei Goscha! Du bisch jo bloß neidisch, weil'd koin Pezeh hasch, sonscht dädsch au tschädda.**

Frieder: Vielleicht schaff i mir au no so a Kischta o, wenn mr do solche Sacha macha ko. Aber jetz muass i weiter. I wollt eigentlich deinra Frau ebbes bringa, isch se do?

Karle: **Ja, dia isch in dr Wäschküch drunta.**

Frieder: Also, mach's guat.

Karle: **Ja, du mi au...**

(in der Waschküche läuft auch der Computer)

Lina: *Frieder, schnell komm rei! I hab heit wieder diesen Dackel von letscht Woch im Tschädd, weisch no, diesen Trollinger-Simpel...*

s’Bügelgenie

<u>2 Personen:</u> „Karle“, „Frieder“

Tisch, Bügeleisen, kurze und lange Unterhosen, große BH, Krawatte mit doppelseitigem Klebeband, Schürze, Wäschekorb, kleine Gießkanne

***

Karle: (bügelt)

Wer bloß auf die Idee komma isch, dass mr Wäsch überhaupt bügeln muass, des isch doch Blödsinn. Und bloß, weil mei Frau in Kur isch, muass i des do. Sie hat mr’s extra aufgschrieba! Aber i seh do koin Sinn drin. Des sieht doch koi Sau, ob mei Unterhosa bügelt isch oder net. Vielleicht beim Sonndagshemd, aber au bloß vielleicht, do däd i’s grad noch eiseha, aber bei der Unterwäsch. Des isch doch reine Zeitverschwendung.

(bügelt weiter)

Des Gschäft könnt mr doch a bissle rationalisiera, des wär doch glacht. Do schteh i jo sonscht am Zehne noch do!

(legt 3 Wäschestücke aufeinander, gießt ordentlich Wasser darauf und presst das Bügeleisen ganz fest an)

Na, geht doch, wer sagt's denn!

(faltet den Stapel zusammen und presst noch mal)

Eiwandfrei, in dr halba Zeit.

(wirft die Wäsche in den Korb)

Mei Lina, die braucht schtundalang für so a Körble Wäsch, koi Wunder, dass die nia fertich wird. Bügeln isch doch koi Problem!

(Krawatte bleibt am Bügeleisen kleben)

Was isch denn des für an Scheißdreck, isch des koi Baumwolle?

(reißt Krawatte weg und wirft sie ins Eck, schaut Bügeleisen an)

Dodal neibrennt, so ein Dreck. Was mach i jetz?

(stellt Bügeleisen weg, nimmt ein Wäschestück, streicht es aus und klopft es mit der Hand, legt es zusammen und klopft noch mal)

So geht's doch au und koscht koin Schtrom.

(wirft es in den Korb und holt ein dickes Stück aus dem Stapel, klopft mit der Faust)

Isch des ein dicker Bolla do, des geht so net.

(gießt ordentlich Wasser darüber evtl. auch etwas ins Publikum spritzen, klopft weiter mit beiden Händen)

So ein Scheißbolla!

(wirft das Stück auf den Boden, zieht den Schuh aus, klopft damit auf die Wäsche und springt zum Schluss noch selbst drauf)

So, des hasch drvo du Glump - so - so - und no oiner!

Frieder: (kommt zur Tür herein und schaut Karle eine Weile zu)

Du Karle - sag amol - was machsch denn du?

Karle: (schreit)

Des siehsch doch - **i bügel**!

dr Kreiseltescht

<u>1 Person:</u> „Ortsbüttel“

1 „Schelle“

Den Text auf ein stabiles Blatt Papier übertragen und wie ein Ortsbüttel mit lauter Stimme vortragen

***

Bekanntmachung, Bekanntmachung - ich darf um Ruhe bitta! Ruhe da hinta, sonscht lass i di aus am Saal entferna!

(bimmelt)

Bekanntmachung!

Die Gemeindeverwaltung gibt bekannt:

Nachdem in den letschten Monaten voschtärkt viele Beschwerda über die Enge der Kreisel in den Kreisvokehren unserer Gemeinde aufgetaucht sind, sieht sich die Gemeindeverwaltung genötigt, diesem Phänomen auf den Grund zu schpüra. Es werda daher alle Bürger und Bürgerinnen, die im Besitz einer gültigen Fahrerlaubnis sind und ein dazugehöriges Kraftfahrzeug besitza aufgefordert, am kommenda Samschtag zwischa 8.00 und 12.00 Uhr unsere

Kreisel zwecks Überprüfung der Enge Probe zu fahra.

(bimmelt)

Ruhe im Saal. Ich bitte um Handzeicha. Wer ischt im Besitz eines zugelassenen Kraftfahrzeuges? Hände hoch. Aha - guat - Hände wieder runter. Wer ischt außerdem im Besitz einer gültiga Fahrerlaubnis? Handzeicha bitte! Aha, du hasch also a Auto und koin Führerschei? - Scho notiert!

(gibt gleich Strafzettel aus)

Zum Zwecke der geordneten Durchführung dieser Verkehrsprüfung dürfa selbschtvoschtändlich nicht alle Fahrzeuge gleichzeitig in die Kreisel eifahra. Es beschteht daher folgende Regelung:

Fahrzeuge unter 20 PS Leischtung fahra von 8.00 - 9.00 Uhr. Fahrzeuge von über 20 PS bis unter 60 PS von 9.00 - 10.00 Uhr. Kraftfahrzeuge von über 60 PS bis unter 100 PS fahra von 10.00 - 11.00 Uhr. Alle Fahrzeuge von über 100 PS fahra von 11.00 - 12.00 Uhr. Alle landwirtschaftlichen Fahrzeuge mit höchschtens zwei angehängten Anhängern fahra zwischa 9.30 - 11.30 Uhr, jedoch zur besseren Überprüfung zweimal durch jeden Kreisel. Alle Fahrzeuge mit ungerader Nummer fahra jeweils zur angebrochenen halben Schtunde, die mit geraden Nummern entschprechend.

(jemanden aus dem Publikum ansprechen)

So - hasch du aufpasst? Wann bisch du zum Fahra dro? Aha, du weisch's nimme. Das gibt ein Verwarnungsgeld in Höhe von 20,- Euro, auf dr Schtell zu zahla!

(Strafzettel austeilen, bimmeln)

Ich möchte um Ruhe bitta, dies ischt eine wichtige Verwaltungsmaßnahme, ich bitte daher um Aufmerksamkeit. Alle Fahrzeuge mit geregeltem Katalysator fahra mit einer maximala Höchschtgeschwindigkeit von höchschtens 40 Kilometer pro Schtunde. Alle Fahrzeuge ohne oder mit ungeregeltem Katalysator fahra im zweita Gang mit maximal 2500 U/min. Alle Laschtkraftwaga, Bauschtellafahrzeuge, selbschtfahrende Rasamäher und sonschtige Fahrzeuge schteha jeweils eine Viertelschtunde vor Beginn der Aktion auf Abruf fahrbereit.

Kraftfahrzeuge mit Dieselantrieb fahra im Konvoi von jeweils vier Fahrzeugen nach Zulassungsnummer in aufschteigender Folge.

(bimmelt)

Motorräder sowie Fahrräder mit Hilfsmotor sind von dieser Aktion ausgeschlossa. Einzige Ausnahme: Motorräder mit Seitawagaanbau. Diese jedoch bitte gesondert melda.

In den Kreiseln selbscht herrscht schtrengschtes Überholverbot. Die Geradeausfahrt in den Kreiseln ischt bei Schtrafe untersagt. Außerdem muss jeder Kreisel mindeschtens einmal voll umrundet werda.

Entschprechend der sicheren Nachweisführung dürfa keine Mütza, Kappa oder sonschtige Kopfbedeckunga sowie Sonnabrilla getraga werda.

Das Ziel dieser Überprüfung ischt es, alle kreiseluntüchtigen Kraftfahrzeuglenker anschließend sofort aus dem Verkehr zu zieha. Um Fluchtgefahr auszuschließa, wird hierzu eine Hundertschaft Bereitschaftspolizei owesend sei!

Ich danke für Ihre Aufmerksamkeit.

(bimmeln und Abgang)

Dicke Freunde

<u>4 Personen:</u> „Karle“, „Reigschmeckter“, Wirtin, Frau der Heilsarmee

Tisch, 2 Stühle, 2 Vesperteller, 2 Viertele, Opferbüchse, 10 Euro-Schein

***

(Karle sitzt am Tisch, vespert seinen Schwartenmagen und trinkt ein Viertele)

Gast: Guten Tag, hätten Sie etwas dagegen, wenn ich hier bei Ihnen am Tisch Platz nehme?

Karle: Jo.

Gast: In Gesellschaft fühle ich mich wohler, als wenn ich allein an einem Tisch sitze.

Karle: Jo.

Gast: Wissen Sie, ich bin neu hier in der Gegend und ich möchte die Leute besser kennen lernen.

Karle: Jo.

Gast:	Was essen Sie denn da Gutes? So etwas habe ich noch nie gesehen. Ist das ein Eintopf am Stück, eine schwäbische Spezialität?
Karle:	**Jo.**
Gast:	Hallo Fräulein, würden Sie mir bitte auch so etwas bringen und vielleicht auch einen Wein dazu? (an den Karle gerichtet) Ist das ein hiesiger, den Sie hier im Glase haben?
Karle:	(blickt auf und mustert den Gast) **Jo.**
Gast:	Nun ja, sehr gesprächig sind Sie ja gerade nicht.
Karle:	**Jo.**

(Die Wirtin bringt das Bestellte, der Gast probiert vom Schwartenmagen und beißt etwas hoch)

Gast:	Nun ja, schon etwas ganz Spezielles, diese schwäbische Kost.
Karle:	**Jo.**

Gast: Vielleicht einen Schluck Wein dazu? Prost!

Karle: (regt sich nicht)

Jo.

Gast: Es ist wohl nicht Ihre Art, sich mit Fremden zu unterhalten!

Karle: **Jo.**

Gast: Ich weiß noch nicht einmal, ob Sie jetzt ein richtiger Schwabe sind oder nicht.

Karle: **Jo.**

(Plötzlich geht die Tür auf und eine dieser unermüdlichen und liebenswerten Damen der Heilsarmee kommt herein)

Frau: *Eine freundliche Spende für die Armen und Haltlosen, eine gute Gabe für die Bedürftigen und Schwachen.*

(Mit ihrer Opferbüchse geht sie zielstrebig auf den Stammtisch zu und wiederholt ihr Anliegen. Mit weit ausholenden Bewegungen holt der Reingeschmeckte seine Geldbörse hervor und zieht großzügig einen 10-Euro-Schein heraus. Gönnerhaft steckt er ihn dann in den Schlitz der Opferbüchse. Der gute Engel der Heilsarmee bedankt sich herzlich und hält nun seine Büchse in Richtung unseres Karle. Dieser blickt kurz auf und spricht dann seinen ersten Satz des Tages)

Karle: **Mir g'höra z'samma!**

Die neue Hos

2 Personen: - „Karle“ mit uralter Hose und Löchern in den Socken
- „Lina“

Kleiderstange, 5 Hosen (eine zu enge, eine zu weite, eine karierte, eine mit Preisschild, eine beliebige)

***

Lina: So Karle, do hab i dir a paar Hosa. Mach nore und fang's probiera o, aber lass laufa, mir hent sowieso koi Zeit meh!

Karle: Was heißt do, mir hent koi Zeit meh? Des bissle Zeit werdet mr scho no haba, mir hent au zwei Schtund Zeit für dei neus Koschtümle ghett!

Lina: Wieso? Des isch doch schnell ganga und außerdem isch a Koschtümle viel schwiericher zum Kaufa wie a neue Hos!

Karle: Mei Hosa sind überhaupt net schwierich, höchschtens dann, wenn du beim Kaufa mit drbei bisch!

Lina: Du dädsch jo alloi gar nix finda.

Karle: I däd nix finda? Selber a halbe Schtund nach ma Pärle Schtrumpfhosa suacha

und zu mir saga, i däd nix finda! Des isch die gröscht Frechheit, sogar uvoschämt isch des!

Lina: Jetz geb endlich a Ruah und schlupf in a Hos nei!

(Karle zieht seine alte Hose aus und reicht sie Lina)

Lina: (hängt sie zu den anderen auf die Stange und reicht ihm die enge Hose)

Do hasch!

(bekommt große Augen, denn sie sieht ein Riesenloch im Socken ihres Mannes)

Um dr Himmelswilla, ha du Erzschlamper. Wie sausch denn du rum? S'gröschte Loch in de Schtrümpf und so gehsch du ins Eikaufa?

Karle: Du hasch doch ins Eikaufa wella.

Lina: Aber net mit Löcher in de Socka!!

Karle: Des isch doch dei Schuld, wenn i so rumlauf. Dädsch du mir net so löchrige Socka in'd Schublad nei do, no däd i au net so rumlaufa!

Lina: Ja hasch du koi Glotzbebbel im Kopf? Du muasch doch seha, ob dei Schtrümpf hi sind!

Karle: Du hasch's doch au net gseh, sonscht hättsch mr's jo net in'd Schublad nei!

Lina: Jetz fang mr koi Sauerei o und schlupf in die Hos nei.

Karle: (schlüpft hinein)

Die passt net, die isch doch viel z'eng.

Lina: Wieso isch die z'eng?

Karle: Weil se net passt!

Lina: Die muass aber passa, des isch doch dei Größ.

Karle: Die Hos schpannt am Ranza!

Lina: Wahrscheinlich hasch zuagnomma, anderscht kann des gar net sei!

Karle: I hab net zuagnomma! Die Hos isch z'kloi!

Lina: Weil dr Ranza schpannt!

Karle: Geb halt a andere Hosa her!

(Lina gibt ihm die weite Hose)

Karle: **Siehsch, die passt. I hab doch glei gsa, i hab net zuagnomma!**

Lina: Ha freile, die Hos isch dir jo viel z'groß! Do hängt dr jo dr Arsch nunder wie wenn'd neigschissa hättsch.

Karle: **I hab nirgends neigschissa!**

Lina: Sieht aber so aus!

Karle: **Wenn i neigschissa hätt, däd i's z'erscht merka!**

(Lina gibt Karle die karierte Hose)

Karle: (bruddelt)

Blöde Hosakauferei, mei Alte hätt's no zehnmol do.

(zieht die nächste Hose an und bruddelt weiter vor sich hin)

Lina: Aha, jetz gugg, die Hosa sieht jetz aber net schlecht aus. Die passt eiwandfrei, do hängt nix im Schritt. Die nehma mir.

Karle: **Noi!**

Lina: Wieso noi? Die Hosa passt doch!

Karle: Die gfällt mr aber net!

Lina: Do kommt's doch gar net drauf o. Hauptsach isch doch, sie passt.

Karle: I will se aber net! I hab no nia a karierte Hosa wella und i will au heit koine, au net, wenn se passt!

(zieht die Hose wieder aus)

Die kannsch glei wieder naushänga.

Lina: Mir hätt se gfalla.

Karle: Muass i mit rumdappa oder du?

Lina: Du weisch halt net, was modisch isch.

Karle: I will nix Modisch's! I will a Hos, wo mir gfällt!

Lina: (nimmt die nächste Hose ruckartig von der Stange)

No probiersch halt die!

Karle: (schlüpft widerwillig hinein)
Aua, Dunderwetter, jetz hat mi ebbes gschtupft. Aua, scho wieder!

Lina: Was isch denn jetz scho wieder?

Karle: Kannsch du net glotza, ob do was drinschteckt?

Lina: In ra neua Hosa sind koine Schtecknädala!

Karle: Aber mi schtupft ebbes!

Lina: Du bisch halt empfindlich!

Karle: I wöllt dei Gschrei höra, wenn's di schtupfa däd! S'ganze Kaufhaus däd zammalaufa.

Lina: (schreit)

I hab no nia gschria und erscht recht net im Kaufhaus!

Karle: Bloß nix zuageba.

Lina: Was isch jetz mit der Hosa?

Karle: (zieht sie ganz vorsichtig wieder aus)

I will koi Hosa, wo schtupft! Wenn du mir koi Bessere bringa kannsch, geh'n mir wieder hoim.

(Lina reicht wortlos die Hose mit Preisschild)

Karle: (schlüpft hinein und betrachtet sich)

Die Hosa passt und schtupfa duad se au net.

Lina: Lass mol seha. Ja guat, die Hosa nehma mr!

Karle: (zieht die Hose aus und schaut dabei aufs Preisschild)

Ja wia? 100 Euro für oi Hosa? Des ko doch net sei. Lina, ghört do no an Kittel drzua?

Lina: Noi, do ghört koin Kittel drzua!

Karle: Des isch doch aber viel zu teuer!

Lina: Des isch net teuer! Wenn'd was Gscheit's willsch, muasch halt a paar Euro meh nolega!

Karle: I will aber koi so a teure Hos!

Lina: Qualität hat eba sein Preis.

Karle: Der isch mir z'hoch. So an haufa Geld für oi Hosa! Jetz gugg i selber, s'werd sich doch ebbes Günschtichers finda lassa.

(Er holt sich seine eigene Hose von der Kleiderstange. Während er sie anzieht, bruddelt er vor sich hin)

I schmeiß doch dene Kaufhauskonzern net so s'Geld in Racha!

Lina: (resignierend)

Wenn'd moinsch!

Karle: (ganz stolz)

So, was sagsch jetz? Oimol noglangt und scho die richtich Hos! Die passt wie ogossa! Bequem, leschär, koine Nädala, so muass a Hos sei. Die wird gnomma!

Lina: Die Hosa kannsch glei olassa!

Karle: Wieso soll i jetz die Hosa glei olassa, i muass doch erscht an'd Kasse!

Lina: Mit der Hos brauchsch net an'd Kasse!

Karle: Wieso?

Lina: Du Allmachtsdackel hasch dei eigene Hos ozoga!

...koine Hemmunga

2 Personen: „Frieder“, „Karle“

Rebschere, Astschere, Handschuhe, „Baum“ oder großer Zweig

***

(Karle kommt mit Rebschere, Astschere und Handschuhen, Frieder mit „Baum“)

Karle: So Frieder, jetzt kannsch amol von mir lerna, wie mr richtich Behm schneid!

Frieder: Ha moinsch du, i bin do z’bled drzua?

Karle: Quatsch Frieder, aber i war die letschte drei Wochaenda auf am Obschtboamschneideseminar beim Professor Zweigle höchschtpersönlich.

Frieder: Was’d net sechsch! No bisch jetz ein Fachmo für Schtreuobschtwiesla?

Karle: (stolz)

Sozusaga! I weiß jetz, auf was’s okommt! Des richtiche Behmschneida isch nehmlich a Kunscht!

Frieder: **Und i hab immer denkt, des wär a Saugschäft!**

Karle: Frieder, in dem Volkshochschualkurs hat mr mir d'Auga geöffnet - jeder Boam isch ein Individuum und schtellt besondere Oschprüch! Do muass mr sich richtich dronei vosetza, wenn mr sches Obscht haba will!

Frieder: **Du machsch mi ganz fertich, was du net alles weisch.**

Karle: Ja, mr muass halt immer was für d'Bildung do.

Frieder: **Karle, du könntscht mr doch mol zeiga, auf was mr do alles achta muass beim Schneida. I däd des au gern wissa.**

Karle: *(gönnerhaft)*

Frieder, natürlich zeig i dir des, du sollsch jo au net grad dumm schterba! Do macha mr glei ein praktisches Beischpiel!

Also Frieder, jetz bass auf! Beim richticha, fachmännischa Boamschnitt muasch auf Folgendes achta: Als erschtes muasch alle Wasserschossa runterschneida, des gibt bloß Holz und koi Obscht!

(schneidet)

So - so - so und so. Dann schneid mr die zweijähriche Trieb zrück auf Dragzäpfla! Sodele!

(schneidet)

Dann guggsch nach Wildvobiss, Hagelschäda, krebsiche Äscht und butzsch solche Schtella radikal raus bis ins gsunde Holz nunder - so - so - so...

(schneidet)

Dann muasch drauf achta, dass deine Schnittschtella sauber und glatt sind, damit dr koine Pilz neihocket!

(Karle schneidet ziemlich viel und radikal ab. Zuletzt stehen nur noch wenige sehr kurze Äste. Frieder hat die Sache erkannt und will Eugen noch etwas herauslocken)

Frieder: Des isch aber net glatt dohanna!

Karle: Dann schneid mr's eba nochmol!

(schneidet, bis nur noch der Stamm übrig bleibt)

Frieder: **Aber so kann's Wasser net ablaufa.**

Karle: Dann schneid i's halt schräg.

(schneidet mit der Astschere runter bis auf 40/50 cm)

So, perfekt!

Frieder: (betrachtet den Stumpen)

Und deshalb war'sch du auf am Seminar?

Karle: Ja - ähm - hasch du noch nia ebbes vom sogenannta Volkshochschual-Wurzelschnitt ghört?

Kultur isch teuer

<u>2 Personen:</u> Ehepaar

Schild „Garderobe“

***

Er: Gugg mol do, des kann doch net sei! Die wellet für’d Gardrobe oin Euro!

Sie: Was? Oin Euro! Ha die nehmet’s von de Lebiche.

Er: Um des Geld könnet mr unsre Kittel obhalta.

Sie: Do schteht aber „Garderobenpflicht“!

Er: Des hätt mr bälder wissa solla, no hätta mr’s im Auto glassa!

Sie: Des machet die mit Fleiß.

Er: Do ghört auf’m Parkplatz a Schild no, dass mr’s weiß!

Sie: Was solla mr jetz macha?

Er: Wia mach’n des dia ondere Leit?

Sie: **Die zahlet.**

Er: Des sieht dene gleich! Des sind beschtimmt koine Schwoba!!

Sie: **Ins Handtäschle ko i's net neischtopfa!**

Er: Gibt's do draußa koine Hoka?

Sie: **Und wenn, nachher sind d'Kittel weg!**

Er: Hasch du an Geldbeutel drbei?

Sie: **Hasch du koin?**

Er: Vielleicht könna mr beide Kittel auf oin Hoka hänga?

Sie: **Oder zu ebbern onderscht drzua?**

Er: Noi, do gugg, die nehmet jeden oinzeln.

Sie: **Au net für Ehepaare, ab fuffzich vielleicht?**

Er: Zeig doch mol dein Rentnerausweis!

Sie: **Oder s'Monatskärtle für'd Schtroßaboh?**

Er: Irgendebbes wird doch z'macha sei!

Sie: **Früher hat's 10 Pfennich koscht.**

Er: Koi Wunder, dass die Theater ums Überleba kämpfa!

Sie: Wenn mr gwisst hätt, dass unsre Freikarta mit solche Ukoschta vobunda sind, no hätta mr se besser weitervoschenkt...

Variationa der Ehe

2 Personen: „er“ und „sie“

Im Vorspann muss hier erklärt werden, dass sich das Geldausgeben im Laufe der Zeit in einer schwäbischen Ehe stark verändert.
Zwischen den 10-Jahres-Sprüngen am besten deutlich die Hand heben und ein sehr ernstes Gesicht machen.

***

Frisch verheiratet:

Sie: Du Schätzle, Mausebärle, was dädsch‘n drvo halta, wenn mir zwei mitnonder am Wochaend gschwind nach London fliaga dädet? No könnta mr a bissle schoppa! Was moinsch? Des däd dr doch beschtimmt au gfalla?

Er: Ha Schpätzle, Schnuffele, des isch aber liab von dir. I frei mi jetz scho drauf. Du bisch an Goldschatz!

Ca. 10 Jahre später:

Sie: Du Liebling, i däd gern nach Schtuagart auf dr Weihnachtsmarkt geha. Was hältsch drvo? Do hent mr doch unsre schöne Glaskugla her!

Er: **Ja guat, wega mir. Vielleicht gibt's au den guata Schwenkbrota wie vorichs Johr.**

<u>Nochmals 10 Jahre später:</u>

Sie: Du Mo, i däd au mol gern ins Breiningerland geh, alle meine Freindinna waret scho do!!

Er: (stöhnt)

Wenn's ubedingt sei muass, aber am Viere schpielt dr VfB.

<u>Weitere 10 Jahre später:</u>

Sie: Du, i däd in'd Schtadt geh, zum Eikaufa!

Er: **Kriagsch du dei Sach net au bei uns?**

<u>Nochmal 10 Jahre später:</u>

Sie: I geh ins Eikaufa! Braucha mr ebbes?

Er: **Geb du net immer so viel Geld aus!**

<u>Endlich, nach einem weiteren Jahrzehnt:</u>

Sie: I geh Eikaufa!

Er: **Mir braucha nix, was mir hent, hebt voll naus!!**

Falschgeld?

2 Personen: „Lina“, „Frieder“

Taschenmesser oder Stecken, 100-Euro-Schein

***

(Frieder stochert mit einem Stecken in einer Ritze)

Lina: Ha Frieder, was schtochersch denn do rum?

Frieder: I seh’s net recht, aber i glaub, in der Ritza do hinta schteckt a Zehn-Euro-Schei drinna. Des wird meiner, des kannsch fei glauba.

Lina: Lass doch mol seha, vielleicht komm i besser dro no.

Frieder: Des däd dir so passa. Den Zehn-Euro-Schei hab i entdeckt, der ghört mir.

Lina: Komm, komm schtell di net so o, i hab’s doch bloß guat gmoint.

Frieder: Bloß guat gmoint, dass i net lach. Do drfür kenn i di viel zu guat.

Wenn du den Geldschei auf-schtupfsch, no gibsch du den nimme her.

(Frieder stochert wie verrückt)

Komm her du Glump, du gehsch mir net naus. Glei voll - sodele - noch a bissle - jetzetle. Die Zehn-Euro ghöra mir!

(Frieder hält tatsächlich den Geldschein in Händen und schaut ihn entgeistert an)

Lina: Was glotzsch denn so blöd, jetz hasch'n doch!

(Frieder nimmt den Schein, zerknüllt ihn und wirft ihn auf den Boden)

Frieder: **Mit dem Schei kann i nix ofanga!**

Lina: (hebt den Schein auf und zeigt ihn ins Publikum)

Wieso net?

Frieder: **Hasch du scho mol an Zehn-Euro-Schei mit zwei Nuller gseha?!**

Naturbegabung

(ein fürsorglicher Vater macht sich konkrete Gedanken über die musikalische Ausbildung seines Filius...)

2 Personen: Vater, Lehrer

***

Vater: Sie, Herr Musiklehrer, mei Bua sott a Inschtrument lerna. Was muass mr'n do für'd Ausbildung so olega?

Lehrer: Des kommt natürlich drauf o, für welles Inschtrument sich ihr Bua entscheidet.

Vater: Wieso er? Des entscheid i! Wer zahlt, hat's Saga!

Lehrer: Aber, alloi vom pädagogischa Gsichtspunkt her be...

Vater: Intressiert mi net! Was koscht a Klavierschtund?

Lehrer: Äh, i däd zu bedenka geba, dass...

Vater: Wie viel?

Lehrer: **Äh - guat - also, d'Schtund Unterricht koscht 35 Euro, egal für welles Inschtrument. Wichtich wär, dass mr vorab die Fähichkeita von dem Bua...**

Vater: Der isch zu allem fähich, der kommt nach mir. Wie viel Schtunda braucht mr mit ma Klavier bis mr's ko?

Lehrer: **Also, des wird in Johr grechnet. So 6-7 Jährla regelmäßicher Unterricht, oimol die Woch sott mr scho...**

Vater: Wie lang dauert's mit ra Geiga?

Lehrer: **Nun, also, des isch doch individu...**

Vater: Wie lang?

Lehrer: **Vielleicht 5 Johr.**

Vater: Trompete?

Lehrer: **4 Johr.**

Vater: Kürzer!! Schlagzeug?

Lehrer: **3 Johr.**

Vater: Ja hent se denn nix Kürzers, des koscht jo alles ein Vomöga!

Lehrer: **Doch, lasset se mi gschwind überlega. Ja, also, i däd bei ihre Voraussetzunga und wenn ihr'n Sohn nach ihne kommt am beschta Drehorgel empfehla.**

Vater: Drehorgel, wia lang dauert des?

Lehrer: **Des geht schnell, do könnet se glei drauf warta!**

Die Käferplage

2 Personen: „Frieder“ und „Eugen“

Tisch, 2 Stühle, 2 Viertele

***

(Eugen und Frieder sitzen im Wirtshaus vor ihrem Viertele)

Eugen: (trinkt heftig ab)

Heit muass i mein Ärger nunderschwenka!

Frieder: Ja sag bloß, was hasch denn heit?

Eugen: Dr ganze Dag war i heit in meim Gärtle und hab Kartoffelkäfer von meine Ebira (Kartoffeln) abglesa - an halba Oimer voll!

Frieder: Ha sag amol Eugen, des hat mr doch früher gmacht, wo mir noch in'd Schual ganga sind. Aber heit doch nimme! Heit schpritzt mr doch und hat sei Ruah!

Eugen: (bäfft)

Heit schpritzt mr doch und hat sei Ruah! Von wega sei Ruah! Scho dreimol hab i gschpritzt, draufghalta, regelrecht eigseift und net oin Käfer isch voreckt!

Frieder: **Des kann i schier net glauba. I hab bloß oi oinzichs Mol gschpritzt und scho sind se alle am Boda glega!**

Eugen: Moinsch du vielleicht, i könnt net recht schpritza? I hab scho gschpritzt, do bisch du noch in de Windla glega!

Frieder: **Ha noi, Eugen! Vielleicht hasch du halt net s'Richtiche in deinera Schpritza drin!?**

Eugen: Wieso? I hab des „Käferfrei" von dr WLZ gnomma, des isch mir dort empfohla worda!

Frieder: **I glaub's jo net - „Käferfrei", do lachet sich deine Käfer höchschtens dod! Do muasch du ebbes Recht's nehma, no hasch dei Ruah!**

Eugen: Was schpritzsch no du?

Frieder: **I nehm scho seit Johr und Dag Syschtox, a bissle schärfer wie auf'm Kanischter schteht. Do langt oimol schpritza und alles isch hie!**

Eugen: Au d'Kartoffelkäfer?

Frieder: **Alles! Mit Syschtox voreckt alles! Oimol richtich eiseifa und du hasch dei Ruah!**

Eugen: Frieder, wo hasch'n des Syschtox gholt?

Frieder: **Au in dr WLZ.**

Eugen: (schreit)

Was, in dr WLZ? Und mir hat mr so a Glump aufgschwätzt! Do geh i morga Früah sofort no und lass dr Rauch nei. Oin so zum Bossa halta! Mit mir net! Net mit am Eugen!!

(will aufstehen)

Frieder: **Eugen, jetz bleib doch hocka. Weisch, des isch scho richtich so. Die scharfe Mittel kriagt net jeder, bloß die Landwirt, Obschtbaura und Wengerter. Die müasset extra an Schei macha, damit se die Mittel überhaupt owenda dürfa!**

Eugen: I will au Syschtox! I hab au Wengert!

Frieder: **Also jetz hör aber auf! Du hasch doch bloß a paar Traubaschtöck am Haus, du bisch doch koin Wengerter!**

Eugen: Des isch mir egal. Mei Uziffer soll au vorecka!

Frieder: **Eugen, Privatleit dürfa nur noch lummeliche Mittela eisetza, alles ondere isch heit nimme erlaubt.**

Eugen: Aber du schpritzsch doch au mit Syschtox und net mit ma Glump! Du hasch doch au koin Wengert! Wieso hasch'n du des kriagt?

Frieder: (*großspurig*)

Eugen, i hab mi halt rechtzeitich eideckt. I hab alles drhoim: E 605, U 46, DDT, alles, was mr braucht, kanischterweis! Bei mir voreckt alles!!

Eugen: (*baff*)

Aber meine Käfer solla au vorecka!!

Frieder: (*stolz*)

I hab dr ganze Suttroi voll. I hab ausgsorgt, bei mir kann sich nix halta!

Eugen: Im Suttroi?

Frieder: **Ja, s'ganze alte Kichabüffe und noch's halbe Eidünschtregal schteht voll mit abgfülltem Schpritzich! Do voreckt alles!**

Eugen: Ha Frieder, so viel Schpritzmittel brauchsch doch du für dei klois Gärtle im Leba nimme! Do könnscht mr doch a kloi bissle ebbes abgeba, no däd mei Uziffer au vorecka!

Frieder: Noi, des kann i net macha!

Eugen: Bloß a bissle Frieder, bloß für meine Kartoffelkäfer!

Frieder: Noi, i kann dir wirklich nix drvo geba!

Eugen: Net mol mir, deim beschta Freind?

Frieder: Noi!! Beim beschta Willa net!

Eugen: Warum denn net?

Frieder: (hinter vorgehaltener Hand)

Weisch Eugen, i will doch net mit am Gsetz in Konflikt komma!

Falsch berechnet

2 Personen: „Lina“, „Frieder“

Blumenstrauß, Vase, Tisch, 2 Stühle

***

(Lina stellt einen Blumenstrauß auf den Tisch, Frieder kommt dazu)

Frieder: Guata Morga Lina. Bisch au scho auf?

Lina: Moinsch du vielleicht, i däd um die Zeit noch im Nescht liaga? I hab scho nass nausbutzt und s’Mittagessa nogschtellt.

(Beide setzen sich an den Tisch)

Frieder: Äh - Lina, do hasch aber an schena Schtrauß. Heidanei, au no oiner vom Florischt und des mitta in dr Woch? I glaub, bei dir isch dr Wohlschtand ausbrocha oder isch heit ebbes B’sonders?

Lina: Ach was, Frieder. Der Schtrauß isch doch net für mi. Für mi selber däd i do

drfür koi Geld ausgeba. Der Schtrauß isch doch für dei Frau zum Geburtsdag.

Frieder: Was du net sagsch. Für mei Erna, so an schena Schtrauß?

Lina: I weiß halt, was sich ghört, schließlich sind mir seit dr Kinderschual di beschte Freindinna!

Frieder: Lina, aber i glaub, du liegsch do a bissle drneba. Mei Erna hat doch erscht nächschta Mittwoch Geburtsdag und heit isch doch erscht Samschdag!

Lina: (verschmitzt)

Weisch Frieder, i hab halt denkt, i kauf den Schtrauß a paar Däg belder, no hab i au no was drvo.

Frieder: Ha du bisch aber au net bled!

Lina: Des bin i no nia gwä. Hä - und wenn i dann noch dr Kaffee und dr Kuacha abziag, no isch wieder wett. Gell, des isch gscheit?

Frieder: So gseha hasch au wieder recht. Du bisch mr scho so oine.

(steht auf)

Also, i muass dann weiter. Ade Lina.

(geht davon - hält inne)

Ach so, Lina, was i no saga will, mir fahret übrigens am Mondag für zwei Wocha in Urlaub!

Alleskönner

2 Personen: Ehepaar

✱✱✱

Er: Du - du kommsch doch morgen in'd Schtadt.

Sie: Ja. Warum? Brauchsch ebbes?

Er: I? Noi! Net direkt, aber du sottsch dir amol a neu's Rührrädle kaufa, weisch so an Rühr-mixquirl.

Sie: Awa, brauch i net. Mei Rührrädle isch no bodaguat, des duad's no a Weile!

Er: Do wär i mir net so sicher.

Sie: Was soll'n des heißa? I soll a Zweites kaufa, bloß weil du dir net sicher bisch?

Er: I bin mir aber ganz sicher!

Sie: Ja was jetz?

Er: Kaufsch dir aber a gescheits Gerät, net ois, wo glei durchbrennt.

Sie: Also, i glaub, du sottsch mi jetz aufklära. Hasch du mei Rührrädle hie gmacht??

Er: Ähm, rein äußerlich sieht mr nix.

Sie: Was hasch'n überhaupt gmacht mit meim Rührrädle? Fängsch du jetz hälinga zum Backa o?

Er: Noi. Aber gell, schimpf net! Weisch, i hab doch grad mei Bohrmaschina ausg'lieha und hab im Keller no dia oi Wand vobutza wella.

Sie: Mit meim Rührrädle??

Er: Was hätt i macha solla? Du goschelsch doch scho a Weile, dass im Keller net nore geh däd.

Sie: Aber doch net mit meim Rührrädle!

Er: Ja, i hab au denkt, der Fertichputz däd leichter von dr Hand laufa.

Sie: I fass es net!

Er: I hab's au net glaubt, dass scho beim erschta Kübel s'Feuer nausschlaga däd aus deim Glump!

Sie: Des isch koi Glump!

Er: Koi bissle robuscht isch des, do hasch de vokauft!

Sie: Jetz bin i no schuld, dass hie isch?

Er. So an Putz isch doch au net feschter wia dein Teig!

Sie: Des isch klar, jetz falla dir alle Ausreda ei, aber du kannsch doch net oifach...

Er: Wenn mr's oimol guat moint.

Sie: Koi Wunder, s'hat immer so knirscht, wenn i Sandkuacha backa hab.

Er: Ehrlich, des war's erschte Mol, dass i dei Rührglump gnomma hab!

Sie: Und s'letschte Mol!

Er: Sag i doch, du muasch dr a Neu's kaufa!

Sie: Wenn i des meine Freindinna vozähl, des glaubt mir koine.

Er: Du wirsch dich hüta.

Sie: Ja, ja, die „Axt im Haus“ macht halt vor gar nix halt.

Vorsicht Kamera

<u>3 Personen:</u> „Lina“, „Karle“, Fotograf

Fotoapparat, Lina „aufgedonnert“

***

Karle: Lina, jetz kommt glei dr Fotograf. Komm, der hat net ewich Zeit!

Lina: (kommt hinter Vorhang vor)

I hab bloß noch gschwind meine Lippa nochziaga müassa.

Karle: Wie siehsch denn du aus, des solla doch ganz normale Bilder für'd Zeitung gäba.

Lina: Eba, do muass mr sich scho a bissle richta. I will jo net grad wia die letscht Hubba drher komma!

Karle: Und - isch's jetz vielleicht besser?

Lina: Du hasch doch koi Kultur im Ranza. Wenn mr an'd Öffentlichkeit geht, no muass mr au ebbes vorschtella!

Karle: Aha - und als was gehsch du?

(betrachtet Lina von allen Seiten)

Lina: **Mich ko mr wenichschtens ogugga, aber du wieder in deinra alta Manscheschterhosa - umöglich!**

Fotograf: *So, meine Herrschafta - also - auf - i pressier a bissle.*

Lina: **Des hab i gern, z'schpät komma und dann pressiera!**

Karle: Lina, der Mo macht au bloß sei Gschäft.

Fotograf: *Schtella se sich bitte hier in Positio!*

(Lina baut sich vor Karle auf und präsentiert sich wie ein Mannequin, Karle geht etwas unter)

Lina: **So, jetz könnet se knipsa!**

Fotograf: *Aber doch net so. I brauch se scho beide auf dem Foto.*

(Karle und Lina schubsen sich)

Karle: Jetz mach halt Platz, i bin von Natur aus fotogen.

Lina: **So ein dummes Gschwätz. Du und fotogen, dass i net lach.**

(Fotograf gibt Kamera an Person im Publikum und positioniert Karle und Lina selbst)

Fotograf:	*Also, wenn se sich net oinich werdet, no ko i jo wieder geha!*
Lina:	**Siehsch Karle, jetz isch'r wega dir narret!**
Karle:	Bisch dr do sicher?
Fotograf:	*Jetz schtella se sich doch ordentlich auf. So ko mr doch koi Bild macha.*

(Lina und Karle stellen sich zusammen, Lina in Pose, Karle unbeteiligt)

Fotograf:	*Des gfällt mr so net!*
Karle:	Siehsch, du gfällsch am net!
Lina:	(wechselt die Pose)
	Dann halt so!
Fotograf:	*Soll i jetz vielleicht Aufnahma wie von ra Modaschau macha?*
Karle:	Was hab i gsa, du mit deim aufdonnerta Voputz!

Fotograf: *Zum letschta Mol, jetz gugga se halt beide mol ganz natürlich in'd Kamera!*

Karle und Lina: (zusammen) Natürlich!?

(Karle und Lina schauen extrem blöd in die Kamera)

Fotograf: (blitzt)

Super - perfekt - des wär im Kaschta!

Karle: Siehsch Lina, für des blöde Gsicht, do hasch du di zwei Schtund lang schminka müassa!

Lina: **Do kannsch Recht haba Karle, aber du - du siehsch immer so aus!**

Die Grabesrede

1 Person: „Karle“

2 Stühle, braune Decke, Hut und Trauermusik

(Zwei Stühle mit brauner Decke zudecken (Grabhügel), Trauermusik einspielen, Karle steht mit Hut vor der Brust vor dem „Grabhügel")

***

Lieber Hermann,

heute obliegt mir die traurige Pflicht, als zweiter Vorsitzender des Kloitierzuchtvereins „Stolze Rammler 51 e.V.“, an deinem Grabe ein paar tröschtende Worte des Abschieds zu schprecha.

Hermann, nun ischt es fascht genau 50 Jahre her, als du zu den Gründungsmitgliedern unseres traditionsreichen Kloitierzuchtvereins „Stolze Rammler 51 e.V.“ gehört hascht. Schtets warscht du ein zuverlässiges Mitglied und eine der tragenden Säulen, als wir im Jahre 1963 unser Vereinsheim aufgebaut haben. Tag und Nacht warscht du deinem geliebten Verein nahe.

Mit welcher züchterischer Freude hascht du nicht jedes Jahr Auszeichnungs- und Ehrenpreise für deine „Deutschen Riesen“ entgeganehma dürfa.

Hermann, deine Zuchtrammler waren mit Abschtand die schönschten Tiere, die jemals in unserer Anlage das Licht der Welt erblickten. Dein „Fridolin“ brachte es im letschten Jahr sogar bis zur Landesmeischterschaft. Durch deinen Erfolg, lieber Rammler, äh... lieber Hermann, ischt die züchterische Leischtung unseres Vereins „Stolze Rammler 51 e.V.“ bis an den zweiten Platz der Landesgruppe angekommen. Durch weitere Ehrenpreise in den Rassen „Kleinsilber“, „Blaue Wiener“ und „Riesenschecke“, gehört somit unser Verein zu den Hochburgen der württembergischen Rassekaninchenzucht.

In einer halbseitigen Veröffentlichung im „Bundesanzeiger für die Deutsche Rassekaninchenzucht“ wurden unsere Tiere sogar persönlich abgebildet. Dies war der bisher gröschte Erfolg in der 50-jährigen Geschichte unseres traditionsreichen Kloitierzuchtvereins „Stolze Rammler 51 e.V.“.

Dein unerwartetes Ableben, lieber Hermann, ischt leider erscht 14 Tage nach deinem plötzlichen Tode entdeckt worda. Erscht, als unser Rassezuchtbuchwart deine Anmeldunga für unsere nächschte Ausschtellung aufnehma wollte, hat er dich leider auf deinem Sofa liegend tot angetroffa.

Zu dem Unglück deines Todes ischt aber leider noch ein weiterer, schmerzlicher Verluscht hinzugekomma.

(Reibt sich die Tränen aus den Augen)

Deine „Deutschen Riesen“ haben die lange Zeit deines unerhofften Ablebens nicht lebend überschtanden. Deine schtolzen Tiere sind beklagenswerterweise in dieser Zeit, in der du nicht mehr, weil du schon geschtorben warscht, in die Vereinsanlage kommen konntescht, am Hunger verreckt. Die Trauer über diesen großen Verluscht hat uns tief getroffa.

Es findet deshalb die Zugrabetragung deiner preisgekrönten Rassekaninchen am Sonntag, im Anschluss an unseren Frühschoppen, am Gedenkschtein in unserer Vereinsanlage schtatt.

Lieber Hermann, wir bedauern es sehr, dass du hierzu nicht dabei sein kannscht, wo wir doch wissen, wie sehr du an ihnen gehangen bischt. Aber, lieber Hermann, auf eines darfsch du dir sicher sein:

Mir - werdet deine Hasa - nie vogessa!

Der Notfall

(ein Schattenspiel)

3 Personen: 2 Ärzte, 1 Patient

Für dieses Schauspiel benötigt man einen etwas umfangreicheren Aufbau sowie auch einiges an Requisiten. Doch keine Angst, es lässt sich mit einfachen Mitteln umsetzen und kann, gut gespielt, zum Höhepunkt eines Festes werden.

Requisiten:

Säge, Bohrmaschine oder Bohrhammer, Hammer und Meißel, ein Stück Gartenschlauch, Schnur, Luftballon, verschiedene Binden, Kabeltrommel, große Schere, großes Messer, Klebeband (am besten Malerband), angesägtes Holzbrettchen, auf ein Brett montiertes Stahlblech, Flex (Winkelschleifer) mit Trennscheibe, Gummihammer, Bügeleisen, große Spritze (evtl. Gebäckspritze), 2 „Ärztekittel", 1 breiter Biertisch, großes weißes Laken ca. 1,60 x 2,20 m, schwarze Folie oder schwarze Tücher, stabiles Wäscheseil, Lampe mit 100 W-Glühbirne und nach Lust, Laune und Möglichkeiten noch mehr...

Bühnenaufbau:

Der Biertisch dient als „Operationstisch". Bis zu einer Höhe von 2 m vor dem Tisch an das Wäscheseil das weiße Laken spannen (dies ist die sichtbare Fläche im Schattenspiel). Links und rechts daneben sowie unterhalb der Tischkante mit schwarzer Folie abhängen.

Ablauf:

Wenn der Aufbau und die Technik steht, wird mitten im Publikum dem vorher eingewiesenen „Patienten“ plötzlich schlecht. Dieser steht auf, stöhnt, fasst sich deutlich sichtbar ans Herz oder Bauch und fällt, wenn alle auf ihn aufmerksam geworden sind, auf den Boden. Eine Frau, ebenfalls vorher eingewiesen, ruft laut: „Hilfe, Notfall, ist ein Arzt im Raum, Hilfe, Hilfe!“

Daraufhin eilen die zwei „Ärzte“ von hinten hervor auf den Patienten zu und untersuchen ihn sogleich vor Ort.

Stabile Seitenlage, Füße hoch lagern, Herzmassage, am besten alles zusammen. Die ersten Diagnosen werden gestellt: Blinddarmdurchbruch, zu viel gegessen, Herzkaschperle o.a.

Es werden jetzt zwei oder vier Gäste ausgesucht, die den Patienten vorsichtig hinter die Bühne tragen und auf den OP-Tisch legen. Erst wenn alle wieder an ihrem Platz sind, wird die Lampe hinter dem Vorhang eingeschaltet und das Licht im Raum ausgeschaltet. Die Operation kann beginnen. Der Patient wird bis auf die Unterwäsche ausgezogen und begutachtet.

Ganz wichtig dabei ist, dass die Ärzte stets von der Seite agieren und sich möglichst ins Profil stellen.

Zum Ablauf selbst gibt es keine festen Regeln. Es könnte in etwa so aussehen:

- Bauch aufschneiden
  Darmverschlingung lösen
  (Schläuche aus dem Bauchraum ziehen)
  Lugenbeutel entfernen
  (Luftballon)

- Fuß amputieren
  Säge verwenden (Holzbrett durchbrechen) zwischendurch mit Gummihammer betäuben

- Gebiss in Stand setzen
  Bohrhammer tritt in Kraft (am besten in leicht vorgebohrten Betonplasterstein bohren)

- Schädel aufsägen
  Flex tritt auf der Metallplatte in Kraft (nur in sicherem Abstand – Funken)

- Riesenspritze geben
  Je größer, desto besser (evtl. kleine Wasserspritzer ins Publikum)

- Evtl. „Schnidel“ untersuchen

Saitenwürstchen von unten her auftauchen lassen – für zu „lummelich“ befinden und abschneiden

- Gut verbinden

  Kopf, Arm, Bein, Bauch – nicht sparen

- Elektroschock

  Zum Aufwecken mit Bügeleisen (natürlich nicht eingeschaltet) auf Bauch drücken

Der Patient sollte bei der Prozedur mitwirken und stöhnen, zucken, sich einmal aufrichten usw.

Die Ärzte sollten sich über alles, was sie tun, lautstark unterhalten, natürlich deftig und humorvoll.

Am Ende wacht der Patient wieder auf und wird von den Ärzten vor den Bühnenvorhang geführt. Er ist entsetzt, was mit ihm geschehen ist und will wissen, was denn passiert sei. Die beiden Spezialisten klären ihn auf, wie wichtig und lebenserhaltend die Maßnahmen waren. Beiläufig wird der Patient gefragt, warum er denn umgefallen sei.

Die Antwort, deutlich gesprochen, kann hier je nach Fest oder Feierlichkeit anders lauten.

Zum Beispiel:

... i hab ghört, was die Braut als Mitgift kriagt hat und do hat mi's oifach umghaua...

... mei Frau hat gmoint, dass sie zum nägschta Hochzeitsdag au so a schönes Fescht ausrichta will...

... i hab mir fünfmol an dem guata Büffee dr Teller vollglada, des war oifach z'viel...

Das Licht im Saal geht wieder an, der Patient wird, auf die Ärzte gestützt, wieder hinter den Vorhang geschleppt.

(Falls in diesem Bühnenstück etwas zu gefährlich oder zu handfest erscheint, kann es gerne weggelassen werden. Jedoch aus eigener Erfahrung wissen wir: Je kräftiger, desto größer der Erfolg!)

Gleichgewicht der Kräfte

2 Personen: Nachbarn

***

1. Person: Sie! Ihr'n Köter hat in mei Hofeifahrt neigschissa!

2. Person: Wia? Des ko net sei, der hat sei Plätzle wo'ner no macht!

1. Person: I hab'n aber selber gseh, den Scheraschleifer!

2. Person: Des wird a onders Hundle gwä sei.

1. Person: So? No schlag i beim nägschta Mol dem ondra Hundle s'Kreiz ab!

2. Person: Des lasset se aber besser bleiba, sonscht kriaga mr Händel mitnonder!

1. Person: Wieso? Solangs net ihr'n Hund isch!

2. Person: Des isch aber gega's Tierschutzgesetz, so a arms Viech hie macha wella.

1. Person: Wenn mei Katz ihne vor Tür scheißa däd, no dädet se s'Schpatzagwehr hola, do wett i drauf.

2. Person: Ihr blede Katz scheißt jeden Dag bei uns in Garta nei und i hab no nia ebbes gsa!

1. Person: Was? Unser Mulle? Nia im Leba! Die hat ihr Kischt, die geht net nebanaus!

2. Person: Also, wenn se wieder ihr'n Scheißkegel bei uns setzt, no schmeiß i an Schpata nach ra.

1. Person: Des isch jo hundsgemein. Do ko doch des arme Kätzle nix drzua!

2. Person: Auf oimol sind mr zu de Tierschützer ganga, wia?

1. Person: Wenn's um uschuldiche Tierla geht scho!

2. Person: No isch mei Hundle au uschuldich!

1. Person: So? ...aber der ihre scheißt größere Häufa!!

2. Person: So? ...und ihrer Katz ihre Kegel schtinket mehr!!

1. Person: Also no sind mr quitt für heit, aber wehe, i vowisch'n...

2. Person: ...no wird se voschossa!

Abendliche Unterhaltung

2 Personen: Ehepaar

Stuhl, Fernsehzeitschrift

***

(Er steht am Fenster und blickt gelangweilt nach draußen; sie sitzt auf dem Stuhl und blättert in der Fernsehzeitschrift)

Er: Was bringa se denn auf Morga für Wetter?

Sie : Im Fernseh kommt au nix meh Gscheits.

Er: Wenn's net regert, sott mr dr Garta felga.

Sie : Immer bloß Wiederholunga.

Er: Jetz könnt mr no mol Buschbohna säa, des däd no langa.

Sie : I weiß net, was i morga kocha soll.

Er: Dachrinna g'hört au wieder gschtricha.

Sie : I glaub, i mach Pfannakuacha.

Er: Vielleicht sott mr Kupferrinna nomacha, no hätt dia Schtreicherei a End.

Sie : **Pfannakuacha hab i erscht letscht Woch gmacht, no mach i halt Kässchpätzla.**

Er: Deine Fenschter sind scho wieder voller Muggaschiss.

Sie : **Wenn i Kässchpätzla mach, muass i net ins Eikaufa.**

Er: Die erschte Birna könntet au scho reif sei.

Sie : **Unsere Nachbern hent scho wieder a neus Auto.**

Er: Wenn's Birna hat, hat's au Frühzwetschga, des Johr isch alles a bissle bälder.

Sie : **A-Klasse, dunkelblau und glitzerich. So a richtiche Ogeberkischda.**

Er: (etwas lauter und dreht sich um)

Seit wann sind denn Zwetschga glitzerich?

Sie : (schaut auf)

Was für Zwetschga?

Er: Was für Zwetschga? Hörsch du net zua, wenn i mit dir schwätz?

Sie : **Hasch du was gsa ghett? I hab mit dir gschwätzt, aber du basch jo wieder mol net auf.**

Er: (blickt wieder aus dem Fenster)

Was hasch denn wella?

Sie : (blickt wieder in die Zeitung)

Ha, dass d'Nachbern a neus Kärrele hent.

Er: Weiß i doch längscht. Dia mit ihr'm Schrumpfmercedes. Die haua mir mit unserm A 4 doch zehnmol in d'Pfanna.

Sie : **Von mir aus, wenn'd moinsch, no mach i morga halt Pfannakuacha.**

Wo kommet bloß die Schtrohschternla her?

(Krippenspiel, eher etwas modern)

<u>9 Personen:</u> Maria, Josef, Wirt, Magd, Hirte, 3 Könige, Sprecher

Drahtesel (Fahrrad), Fahrradhelm (für Josef), Decke, Schürze, Krippe, Stroh, Puppe, Windel, Korb, Plastiktüte, Lampe, Vesperkorb, Strohsterne, Geschenke für Jesus-Kind (kann auch eine Flasche Wein oder ein Fußball darunter sein)

***

Sprecher: Läuft man in der Weihnachtszeit mit offenen Augen durch die Welt, so wird man doch heute von der Fülle an weihnachtlichem Schmuck beinahe überhäuft. Blinkende Lichterketten, Beleuchtung vor und in den Häusern, glitzernder Schmuck überall.

Daher fällt es einem heute schon gar nicht mehr auf, wenn irgendwo mit selbstgebastelten Strohsternen geschmückt wird.

Doch vor vielen Jahren war das noch ganz anders, da waren die Strohsterne noch etwas ganz Besonderes.

Und wann diese Strohsterne überhaupt zum ersten Mal auftraten und wie sie bis heute mit Weihnachten zusammenhängen, das soll nun diese Geschichte erzählen:

(Maria und Josef laufen mit Fahrrad durchs Publikum zur Bühne, Josef mit Fahrradhelm)

Maria: Genau so hab i mir's vorgschtellt! Do laufa mir scho tagelang den schtoinicha Weg von „Trochtelfinga" bis hierher und jetz isch die Herberg vollgschtopft mit lauter Leit!

Josef: **Ha moinsch du, i kann do ebbes drfür? I bin doch net auf die Idee komma, dass mr die ganz Eiwohnerschaft von unserm Ländle zähla muass. Do brauchsch du mit mir gar net bruddeln!**

Maria: Auf Josef, jetz schtell di net so o! Frog halt den Wirt, ob er net a Ausnohm macha kann! Bei mir könnt's doch ällaweil so weit sei!

Josef: **I hab den Kerle doch scho gfrogt und ihm gsagt, was los isch. Aber dieser Dunderwetter hat gmoint, ohne entschprechend viel Diridari däd nix laufa. Bloß wenn i ihm a ordentlich's Säckle oder an Scheck**

rüberwachsa lassa däd, no däd er vielleicht a paar ondere Gäscht nausschmeißa. Dein Zuschtand isch dem Dinger grad egal gwä.

Maria: Oh Josef, d'Leit sind bloß noch auf dr Pulver aus. Was soll des noch gäba auf dieser Welt? Was solla mir jetz nur macha?

Josef: Do hinta, gugg num, in dem baufällicha Schtall, do könna mr übernachta. Do drfür hab i diesem Kerle mei letschte Hosaknöpf geba.

Maria: Ja wia? Hasch du nix mehr im Geldbeutel? Isch scho alles ausgeba?

Josef: Moinsch du vielleicht, die Volkszählerei wär umsonscht? Der Auguschtus lässt sich den Aufwand ganz schö bezahla. Alloi s'Formular über unsere Familiavohältnisse hat an Batza koscht. Obadrei muass mr no an jeder Wegkreuzung dene Legionäre an Obulus berappa, dass oim schlecht wird. Und jetz - jetz hocka mir in „Markgröninga" rum.

Maria: Josef, reg di net auf! Wenn's koi Zimmer langt, no langt's eba an Schtall. Wer weiß, vielleicht isch's sogar besser so. Do sind mir wenichschtens unter uns. Hasch scho gseh, an tragbara Fernseh isch au do? Komm, jetz könna mir noch „s'Heute-Schurnal" ogugga und hinterher kommt no an Krimi.

Josef: **Ja scho, aber im Schtall, des müasst au net grad sei. Maria, also wenn's dir nix ausmacht, mei Sach isch's net.**

Maria: Josef, du brauchsch di gar net so oschtella, du hasch doch vor zwei Wocha selber oi Nacht im Schtall gschlofa, wo du mit deine Freind bis dusala gfeiert ghett hasch.

Josef: **Also des, des war doch au was ganz anders. Schließlich bin i jo au net schwanger gwä, sondern bloß a bissle ogsäuselt.**

Maria: Ja, ja, bei euch Männer isch des immer ebbes anders. Komm, jetz richta mir uns alles schö her.

Josef: **Gugg, do in dr Ecka, do isch a bissle Platz. Jetzetle - so, do leg i unsere Decka aus.**

Maria: Ah, duat des guat, endlich noliaga. Arg viel länger hätt i's auf unserm Drahtesele nimme ausghalta.

Josef: **Moinsch, du kannsch heit Nacht a bissle schlofa? Morga wird's doch beschtimmt wieder an oschtrengender Dag. Dr Auguschtus will scho um halber Achte alle Leit auf'm Marktplatz beianonder haba. Weisch Maria, wenn's bei dir net grad an dr Zeit wär, no wär die ganze Gschichte halb so schlimm. Aber bei dr letschta Vorsorgeuntersuchung hat dr Dokter gsag, dass genau am heiticha Dag dr Termin sei könnt. Oh, hoffentlich geht alles guat!**

Maria: Also Josef, des müassa mr jetz grad nehma wie's kommt. Wenn's heit Nacht sei soll, no isch's eba heit Nacht! Moinsch, mir sottet no unsern Esel reihola? Wer weiß, vielleicht schtehet bei dene viele fremde Leit sonscht morga Früh zwei do!

Josef: **Ja guat, i loin'n do an dr Balka no. Soll i dir noch a bissle Schtroh bringa, dass du net so hart liega muasch?**

Maria: Des wär net schlecht - du könntsch au no gschwind in d'Herberg nüber und a Schüssel mit Wasser hola.

Josef: **Noi, i hol mir no a Viertele Lemberger auf'd Nacht und für di wär a Apfelsaftschorle au besser, wia bloß Wasser.**

Maria: Josef, mir braucha Wasser und des net zum Drinka. I glaub nämlich fascht, es isch soweit.

Josef: **O Gott - o Gott - s'geht los! Ach du liebe Zeit! Schnell, schnell, i brauch saubere Tücher, Sagrotan und a Nabelschnurklämmerle und a Schüssel mit heiß Wasser und und...!**

Maria: ...und am beschta a paar Valiumpilla! Josef, was i jetz brauch isch koi heiß Wasser.

Josef: **Moinsch, i kann des? I war doch noch nia bei ra Geburt dabei? Soll i net doch lieber d'Hebamm oruafa?**

Maria: Josef, komm her und heb mi ganz fescht!

Josef: **Maria, i glaub, mir wird schlecht.**

Maria: Halt durch, gleivoll isch's soweit... ... ...

Josef: **Maria, unser Kindle isch do! Oh wie schö, unser Kindle isch do! Maria, unser Kindle...**

Maria: ...Josef, s'isch guat, beruhich di wieder, sonscht fliagsch du mir noch um. Jetz bisch so guat, hebsch's ganz vorsichtich hoch und legsch's her zu mir. Des Kindle will zu seiner Mutter!

Josef: **Oh Maria, do gugg her, isch des net a herrlich's Büable. I glaub, des isch's schönschte Büable auf dr ganza Welt. Weisch du noch, was mir uns für an Nama ausgsuacht hent, Maria?**

Maria: Ha freile, des Buale, des isch unser Jesuskindle. Du sottsch vielleicht a klois Lägerle herrichta, wo mir unser Büable neilega könnet. Guggsch mol rum im Schtall, ob irgendebbes Brauchbares do isch.

Josef: **Dort drüba schteht a kloine Futterkrippe, do dua i a bissle frisches Schtroh nei - so, no wird's scho geha. Des isch zwar a bissle schtupfich, aber nix Besser's isch net do.**

Maria: Des wird aber unserm Herbergswirt seine Rindviecher net gfalla, dass du ihne d'Krippe wegnimmsch. Aber was soll's, heit Nacht isch unser Kindle wichticher wia a paar leere Kuahmäga.

Josef: **Jetzetle, scho fertich, a wunderbares Bettle für unser Büable. S'isch doch guat, dass i beim Geburtsvorbereitungskurs drbei war. So, jetz no ganz vorsichtich wäscha und dann kriagsch du a prima Windele rum. Du, Maria, in welchem Korb hasch du denn die Windele drin?**

Maria: Die sind in der Blaschtichgugga drin, aber weisch du überhaupt noch, wie mr a Kindle wickelt?

Josef: **Glernt isch glernt, i bin quasi ein Wickelprofi! So, oimol links rum, oimol rechts rum, untadurch, dr Schnellvoschluss draufbebbt und scho isch's fertich!**

Maria: Was für an Schnellvoschluss?!

Josef: **Ganz oifach. I hab von dem Muggafänger dort zwei Breggala abgrissa und scho hat's ghoba!**

Maria: Muggafänger? I halt's net aus! Was soll i mit dir noch macha?

Josef: **I weiß gar net, was du willsch, unserm Büable gfällt's. Des liegt so friedlich in seim Krippele drin, s'hat sogar scho d'Äugla zua.**

Maria: I glaub, mir sottet alle a bissle schlofa, morga Früh isch d'Nacht rum. Guat Nacht Josef.

Josef: **Schlof gut Maria. Erhol dich a bissle!**

Sprecher: Eine Weile herrscht himmlische Ruhe in dem kleinen Stall. Das Kindlein döst friedlich in seiner Krippe. Sogar die Tiere im Stall sind still und wollen heute Nacht nicht stören.

Da, mitten in der Nacht dringt ein heller Lichtschein durch das löchrige Dach hindurch und verleiht dem Raum ein sonderbar goldenes Leuchten. Plötzlich geht die Türe auf und fremdländisch aussehende Gestalten kommen leise herein. Ihnen folgen noch eine ganze Schar von Hirten und Mägden von den Feldern und aus der Herberge. Alle sammeln sie sich um die kleine Krippe, knien nieder und legen die Hände zum Gebet zusammen. Manche fassen sich auch an den Händen und halten sich eine Zeit lang ganz fest. Sie spüren, wie eine große

Kraft sie alle zusammen in einer neuen Gemeinschaft verbindet. Einige der fremden Besucher legen wertvolle Geschenke vor die Krippe. Alle schauen sich mit großen, leuchtenden Augen an.

So stehen sie noch eine ganze Weile da. Dann verlassen sie still und leise, so wie sie gekommen waren, den Stall. Alles geschieht fast wie im Traum und doch ist es Wirklichkeit. Etwas Großes muss in dieser Nacht geschehen sein!

Maria und Josef können die Geschehnisse gar nicht alle fassen. Sie sind auch viel zu müde, um in dieser Nacht alle Eindrücke zu verarbeiten. Doch endlich können sie bis zum frühen Morgen noch ein wenig Schlaf finden.

Josef: **Maria, bisch du scho wach?**

Maria: No net so richtich und du?

Josef: **I glaub fascht noch, i träum. Heit Nacht waret so viele Leit bei uns im Schtall, alle hent nach unserm Jesuskindle guggt, kaum oiner hat ebbes gschwätzt. Des war a Schtimmung, wie wenn der ganze Raum vozaubert gwä wär.**

Maria: Josef, i weiß au net, was i saga soll. I kann's gar net recht glauba, was do heit Nacht passiert isch. Mir isch fascht so, als ob des gar net Wirklichkeit gwä wär.

Josef: Aber Maria, do gugg her, do lieget noch die Gschenkla von dene vornehm ozogene Herra. Do gugg, des isch koi Traum!

Maria: Noi, s'isch tatsächlich wohr. Unser Kindle hat so an Haufa Weihnachtsgschenkla kriagt, obwohl mir dia ganza Leit überhaupt net kennet und mir doch bloß arme und oifache Leit sind. Und woher die überhaupt gwisst hent, dass mir heit Nacht hier in dem Schtall sind. Ob des wohl mit rechte Dinge zuageht? I weiß net - i weiß net, was i saga soll...

Josef: I kann mr's au net erklära. Isch dir heit Nacht net au dieses bsondere Licht aufgfalla, schtrahlend hell und mitta aus dr Dunkelheit? Vielleicht schteht unser Kindle unter mr bsondera Schtern, wer weiß.

Maria: Ja, vielleicht hasch du Recht Josef. Irgendwia hab i au so a Ohnung.

Josef: **Also, i pack halt jetz die Gschenkla zu unsere ondere Sacha auf dr Drahtesel drauf. Wenn mr scho ebbes gschenkt kriagt, no kann mr's jo au onehma. Do wolla mir net so sei.**

Maria: S'isch guat Josef, i wär dann au soweit. I bind mir nur noch gschwind s'Kindle um, no könna mir geha.

Josef: **Ja, s'wird Zeit, s'isch scho glei Siebene. I sag bloß no schnell dem Wirt Bscheid, dass mir wieder abreisa.**

Sprecher: In der Herberge zählt der Wirt voller Zufriedenheit die Einnahmen der vergangenen Nacht. In der Küche wird bereits das Wasser für den heutigen Eintopf aufgesetzt. Nach und nach verlassen alle Gäste das Haus und es kehrt wieder Ruhe ein.

Josef: **Also, Herr Wirt, mir reisa ab. Dankschö nochmol, dass mir heit Nacht im Schtall hent schlofa dürfa.**

Wirt: *Scho recht - übrigens war des geschtern Obend net bös gmoint, aber mir waret in dr Herberg halt scho total überbelegt. Was macht denn au ihr Frau? Geht's ra ordentlich?*

Josef:	**Ja scho. Heit Nacht isch unser Kindle auf d'Welt komma. S'war a bissle umschtändlich im Schtall, aber s'isch scho ganga.**
Wirt:	*I hab fascht a schlecht's Gwissa, aber geschtern war eba so viel los, do hab i für euch koin Kopf ghett. Aber i lass euch drfür von meiner Küchamagd a rechts Veschper eipacka. I glaub, des könnet ihr jetz guat braucha.*
Josef:	**Des wär doch net nötich...**
Wirt:	*...aber ganz unötich au net!*
Josef:	**Also, dankschö nochmol.**
Sprecher:	Josef kommt mit einem gut gefüllten Vesperkorb in den Stall zurück. Der kleine Drahtesel muss all die schweren, zusätzlichen Lasten auch noch auf seinen Rücken nehmen und holpert mühsam den steinigen Weg in die Stadt hinunter. Dort begeben sie sich pünktlich um halb Acht auf den großen Marktplatz, um sich von der Einkommenssteuerstelle registrieren zu lassen. Als sie die Formalitäten hinter sich haben, bleiben sie noch eine Weile in der Stadt, bevor sie sich auf einem schmalen Pfad wieder in Rich-

tung Heimat begeben. Von einer Kuppe aus sehen sie, wie eine Horde bewaffneter Reiter auf die unter ihnen liegende Stadt zueilt ....

Im Stall unterdessen will eine der Mägde die Tiere mit frischem Wasser, Heu und Stroh versorgen.

Magd: Ja was isch denn des für a Sauerei? Wer hat denn die Futterkrippe do hinta in d'Ecka numgschleift? So lange Häls hent doch unsere Küah net, dass die so fressa könntet. Oh, mr sott's net für möglich halta. Jetz ko i des schwere Glump wieder nach vorne lupfa.

Sprecher: Als sie die Krippe wieder vorstellt, macht sie plötzlich eine sonderbare Entdeckung. Noch ist es früher Morgen und es fällt kein Sonnenlicht in den Stall und trotzdem strahlen die Strohhalme in der Krippe in hellem Schein. Sie funkeln in einem solch herrlichen Glanz, als ob sie mit kostbarem Blattgold überzogen wären.

Magd: Was isch jetz au des? Des isch aber mol a komisches Schtroh. Des leuchtet ja heller wie a Hundert-Watt-Birnle! I glaub, des geb i unsere Viecher net zum Fressa, des dua i mir auf d'Seite.

So a leuchtendes Schtroh isch doch viel z'schad zum Fressa!

Sprecher: Sie legt sich die goldenen Halme vorsichtig in ihre Schürze, versorgt die Tiere und bringt das gesammelte Stroh heimlich in ihre Kammer. Immer wieder bastelt sie nach Feierabend daraus wunderschöne leuchtende Sterne. Wie durch ein Wunder erhellen diese Strohsterne mitten in der Nacht das dunkle Zimmer. Das leuchtende Stroh reicht für viele Sterne und so hängen mit der Zeit in allen Fenstern der Herberge diese feinen, strahlenden Gebilde. Schon von weitem fällt auf, dass dieses Haus etwas Besonderes ist. Jeder Reisende, der an dieser Herberge vorbeikommt, hält staunend inne und bewundert das Leuchten in den Fenstern. Bald hat sich die Kunde über diesen einfachen, aber wunderbaren Schmuck weit über die Stadt hinaus herumgesprochen. Überall in den Dörfern und Städten werden nun Strohsterne gebastelt. In allen Größen und Formen kann man sie bewundern. Ja, bald gibt es kein Haus mehr, das nicht mit diesen leuchtenden Sternen geschmückt ist.

Josef: **Du Maria, weisch du noch, wie des domols war in dem Schtall? Do hat**

doch dieses himmlische Schternalicht so hell durch's Dach gschiena. Alles war in so ma uheimlich herrlicha Glanz.

Maria: Ja, dieses Leuchta geht mir gar nimme aus am Kopf.

Josef: Mir au net, i muass immer wieder drodenka. Jedesmol, wenn i ois von dene neumodische Schtrohschternla in de Fenschter hänga seh, no isch mir's, als däd I genau dieses Schternalicht wieder seha.

Maria: Ja Josef, i glaub, du könntscht recht haba.

Josef: Gell.........

(Vorhang fällt und Licht geht aus)

... so, haben Ihnen unsere schwäbischen Sketche und Szenen gefallen - oder konnten Sie den einen oder anderen davon aufführen?

Wir freuen uns, wenn Ihnen das Lesen, Einstudieren oder gar Ihr Auftritt viel Spaß bereitet hat. Haben Sie vielleicht auch Interesse an unseren Mundartbüchern, so können Sie sich gerne umseitig informieren.

Wir wünschen Ihnen heute schon viel Vergnügen.

Bisher erschienen:

... dr Schwobaseckel Band I	ISBN 3-9806999-1-9
... dr Schwobaseckel Band II oder grad wia aus am Leba	ISBN 3-9806999-0-0
... dr Schwobaseckel Band III oder so geht's zua im Ländle	ISBN 3-9806999-2-7
... Rotzböbbela und andere Kataschtrophen	ISBN 3-9806999-3-5
... Saitawürschtla und weitere umegliche Tatsacha	ISBN 3-9806999-4-3
... Betthupferla und ondere Kloinigkeita	ISBN 3-9806999-5-1
... Gedanka-Breggela Schwäbische Ansichten und Einsichten	ISBN 3-9806999-6-X
... auf dr Sau naus ! Schwäbische Volltreffer	ISBN 3-9806999-7-8
... Schwäbische Sketch-Parade	ISBN 3-9806999-8-6